Paul Katsitis

Mykonos Crime ©

Der Vampir von Mykonos

AF221583

Zuletzt erschienen in dieser Reihe (Deutsch/Griechisch)
Mykonos Crime 20 Darknet
Mykonos Crime 21 Yariv
Mykonos Crime 22 Pontifex
Mykonos Crime 23 Sisa
Mykonos Crime 24 Lebendig begraben
Mykonos Crime 25 Schläfer
Mykonos Crime 26 Smyrna
Mykonos Crime 27 Goldrausch
Mykonos Crime 28 Engel der Finsternis
Mykonos Crime 29 Strand der toten Köpfe
Mykonos Crime 30 Der Vampir von Mykonos
Mykonos Crime 31: Die Rose des Todes

Frühere Bände: siehe hinterer Buchteil

Impressum
Titel: Shutterstock, istockphoto, S. Hansche
Innenteil Shutterstock/Katsitis
Copyright Paul Katsitis 2022: **Der Inhalt als auch Buch- und Reihentitel sowie der Autorenname sind urheberrechtlich geschützt oder unterliegen dem Titelschutz. Jedwede Verwendung ist strafbar.**

ISBN 9783756216987
Herstellung und Verlag:
BoD – Books on Demand, Norderstedt

Paul Katsitis

Mykonos Crime©
Der Vampir von Mykonos

Angelos Nikakis, 32, ist nicht nur der Kommissar (Dienstgrad: Kriminaldirektor)auf Mykonos, sondern auch Bürgermeister der Insel.

Daniel Nikakis, 30, ist der neue Ehemann des Kommissars. Wegen seines faltenfreien Gesichts und den Teddybäraugen schätzen ihn aber viele auf 20. Daniel ist gebürtiger Israeli, mit Beruf Dolmetscher für Griechisch.

Maria Karnezis, 29, ist Leiterin der „normalen" Polizeistation (Dimotiki Astinomia).

Alexandros Mantzaris, 67, ist Amtsrichter auf Mykonos.

Antonis Migiakis, 55, ist griechischer Premierminister.

Abu Bakar, 38, beherrscht den Drogenhandel in der Ägäis. daher waren er und Kommissar Angelos Nikakis per se Feinde. Doch dann schließen die beiden ein Friedensabkommen der besonderen Art – und wurden Freunde.

Gabriel Markarov, 35, ist Angelos´ rechte Hand im Rathaus. Er sitzt seit einem Schusswechsel im Rollstuhl. Da die Kugel eigentlich Angelos galt und sich Gabriel in die Schussbahn warf, fühlte sich Angelos verpflichtet, ihm zu helfen.
Yariv Gabin, 31, ist der Ex-Partner von Angelos Nikakis, doch beide sind noch immer befreundet.

Wetterbericht des griechischen Fernsehens (ERT) vom 23. Januar 2022:
„…und so kommt es vereinzelt zu heftigen Schneefällen. Da können in Athen durchaus 30 cm Neuschnee zusammenkommen. Selbst auf Mykonos werden am Morgen 15 - 20 cm auf den Stränden liegen!"

Letztendlich lagen am 24. Januar 2022 über 20 cm Neuschnee auf Mykonos, bei 1 Grad.

1

Mykonos, 1990, 6. April

Nikos Theodorakis war überglücklich. Heute war der Tag der Tage. Ein Tag, auf den er sechs Jahre gewartet hatte.
Sechs Jahre voller Anspannung und Ärger.
Heute nun sollte sich die Arbeit endlich auszahlen.
Die Arbeiten für die „periferil", die große Umgehungsstraße, sollten heute beginnen. Und diese Straße war mehr als nötig. Die Uferstraße konnte den Verkehr nicht mehr aufnehmen. Acht Mal am Tag ging auf der wichtigsten Verkehrsachse nichts mehr, immer dann, wenn eine Fähre im Old Port einlief. Der Hafen war zu klein für die wartenden Fahrzeuge,

daher mussten die Autos und LKWs auf der Uferstraße parken, bis sich der Bug der Fähre öffnete.

Sollte ein Autofahrer das Glück haben, zwischen den Fährankünften unterwegs zu sein, war spätestens am Fabrika-Platz Feierabend. Ein Knäuel aus Bussen sorgte den ganzen Tag für zeitweisen Stillstand.

Nun, in ein paar Jahren würde bei Tourlos auch ein neuer Hafen entstehen, aber das werde ich nicht mehr erleben, dachte Theodorakis. Und ein Projekt wie die „periferil" war genug für ein ganzes Leben.

Die Gelder für den Bau hatte er schon vor dem EU-Beitritt Griechenlands in Athen beantragt – über das Standardverfahren in Hellas: politisches Ränkespiel und Korruption. Wäre ich die EU, hätte ich uns nicht aufgenommen. Hier praktizieren nicht nur die Oberschicht und die Politiker ein Bakschisch-System, sondern auch die „kleinen Leute" fanden nichts dabei, zu schmieren oder sich bestechen zu lassen. Eine Operation im Krankenhaus? Immer Geld mitnehmen, damit man auch drankam.

Aber die Finanzierung des Projektes war nicht der entscheidende Punkt.

Es war die Trassenführung. Klar war nur, dass sie von Tourlos und das Plateau über Drafaki nach Ornos führen würde. Nur so würde die Uferstraße entlastet. Zeit, um abzukassieren. Time to make money.

Und es war das ganz große Rad, das sich drehte. Denn Theodorakis war der entscheidende Mann bei der Frage, wo genau die Straße verlaufen sollte. Eine kleine Änderung, eine stärkere Kurvenneigung und aus einem wertlosen Acker wurde ein Grundstück, das Millionen wert sein konnte. Die Gemeinde kaufte die Grundstücke auf, die rechts und links der „periferil" lagen und veräußerte die Teile, die nicht für die Straße benötigt wurden, an Investoren weiter. Und der Bürgermeister fungierte als Provisions-Eintreiber. Neuerdings trug er keine Aktenmappe mehr mit sich, sondern einen Pilotenkoffer, indem sich die großen Mengen Bargeld verstauen ließen. Zuhause hatte er hatte er mehrere Dachbalken ausgehöhlt, um die Massen an Devisen unterzubringen.

Denn Bürgermeister Theodorakis akzeptierte keine Drachmen, sondern nur Dollar und Deutschmark. Besonders einträglich waren die Anwesen zwischen Drafaki und Ornos. Hanglage mit Blick auf die Ägäis. Wertlose Felsen, auf denen schon bald Luxushotels und schicke Restaurants entstehen würden.

Es herrschte Goldgräberstimmung auf Mykonos. Eine „once in a lifetime"-Gelegenheit.

Theodorakis hatte es am Wochenende zusammengerechnet. Nach Abschluss der letzten Transaktion hatte er 1,5 Millionen Dollar und 1 Million Franken als „Aufwandsentschädigung" oder „Vermittlungsgebühr" kassiert. Natürlich hatte er peinlich darauf geachtet, dass auch andere ihren Schnitt machten. Die Bauunternehmer und Handwerker würden ihrerseits überhöhte Rechnungen einreichen. So entstand ein Kartell an Abkassierern.

Das System Griechenland.

Theodorakis stand in Tagoo, schaute aber nicht aufs Meer, trotz der spektakulären und bald kostenpflichtigen Aussicht. Theodorakis schaute hinunter nach Tourlos, Ausgangspunkt der neuen Straße.

Da hörte er es.

Das Dröhnen der Baumaschinen, die um die Ecke bogen und mit den Bauarbeiten beginnen würden. Nun würde nichts und niemand ihn mehr stoppen können. Sein Name würde auf ewig mit diesem für die Insel epochalen Projekt verbunden sein.

Fast hätte Nikos Theodorakis den Brief vergessen, den er in den Händen hielt. Ein Brief, dessen Zustellung er persönlich übernehmen würde.

Eine diebische Freude erfüllte ihn, denn niemand, wirklich niemand hatte ihm solche Probleme gemacht wie Vasilios Sloukas.

Der Sturkopf hatte sich vier Jahre lang geweigert, sein heruntergekommenes Haus und seine Grundstücke zu verkaufen.

Aber Theodorakis brauchte gerade dieses Grundstück, denn an dieser Stelle gab es keine zweite Möglichkeit für die Trassenführung, ohne persönliche Verluste zu erleiden. Für Theodorakis ging es um 200.000 Dollar Provision.

Sämtliche Appelle an den Patriotismus hatten nicht gefruchtet, auch die Ausgleichsflächen passten Sloukas nicht.

Sloukas´ Grundstück war riesig: NEUN Hektar. Die Familie gehörte zu den Alteingesessenen und besaß fast die gesamte Talsenke.

„Ich weiß, was hier läuft. Du machst dir die Taschen voll, samt die deiner sauberen Freunde. Und da spiele ich nicht mit. Bau doch eine Brücke über mein Haus drüber. Ich weiß, dass es ohne meinen Grund keine Straße gibt. Na und? Jahrhundertelang lief der Verkehr am Ufer entlang. Wozu dieses Monstrum?

Schnell kommt man auf dieser Insel ohnehin nicht voran. Und keiner will das!"

Nikos Theodorakis hatte alles versucht: er hatte gedroht und kurzzeitig auch erwogen, Sloukas körperlich zum Einlenken zu bewegen.

Man hätte schon vor einem Jahr mit dem Bau beginnen können, doch die Mühlen der griechischen Justiz mahlen noch langsamer als die der Verwaltung.

Doch vor zwei Wochen kam der finale Räumungsbescheid im Rathaus an. Theodorakis hatte sich an diesem Tag hemmungslos betrunken und beschlossen, den Gerichtsbeschluss so spät wie möglich zuzustellen. Dann habe ich vielleicht das Vergnügen zu sehen, wie die Bagger durch seine Küche fahren.

Theodorakis klopfte an der Türe, aber niemand öffnete. Noch besser: vielleicht war er beim Einkaufen. Käme Sloukas zurück, würde nichts mehr da sein.

Dann fiel dem Bürgermeister auf, dass die Türe zu Sloukas´ Werkstatt aufstand.

„Sloukas?", schrie Theodorakis über den Hof.

Herrgott, dachte er, Jetzt muss ich ihm auch noch hinterherlaufen.

Theodorakis betrat die Werkstatt. Da er nichts erkennen konnte und sich auch nichts rührte, drückte er den Lichtschalter.

Er erstarrte.

Vasilios Sloukas war da.

Aber der Räumungsbescheid konnte nicht zugestellt werden.

Denn Vasilios Sloukas hatte sich erhängt.
Dann hörte Theodorakis ein Rascheln.
Auf dem Boden saß ein kleines Kind und zog am linken Fuß des Erhängten.
Und dieses Kind starrte ihn hasserfüllt an.

2

Julia ging es den Umständen entsprechend gut. Sie war vierzehn Jahre, auch wenn man sie sicher als frühreif bezeichnen könnte. Immerhin hatte sie schon zwei Brustimplantate. Aber andererseits war das Standard unter den Oligarchentöchtern.
Julia sah sich um.
Ich bin in einem Keller. Dunkel – bis auf einen Kellerschacht, durch den ein wenig Licht ins Innere drang. Die Entführer hatten ihr die Kabelbinder abgenommen und sie hatte auch keine Schmerzen.
Und keine Angst.
Angst hatte sie aber vor der Reaktion ihres Vaters, Andrei Stepanow, wenn er erfahren würde, was passiert war.

Wie so viele russische Männer neigte er – besonders unter Alkohol – zu cholerischen Ausbrüchen und Gewalt.

Nimm keinen Russen als Mann, hatte ihre Mutter zu ihr gesagt, bevor sie verschwand. Julia hatte sie nie wiedergesehen.

Sie schaute auf den Boden und sah eine Flasche Fiji-Wasser. Die gleiche Marke, die auf allen Partys in Moskau zu sehen war.

Offensichtlich hatten die Entführer Stil.

Sie trank einen Schluck und versuchte sich zu besinnen. Das Chloroform hatte sich wie Säure durch ihre Erinnerung gefressen. Dabei war der Plan fast perfekt gewesen.

Julia hatte so lange gequengelt, bis Papa endlich einverstanden war, dass sie auf Shoppingtour gehen konnte. Er selbst konnte sie nicht begleiten, da er einen wichtigen Geschäftstermin hatte. Natürlich würden stattdessen ihre Schatten, Oleg und Alexej, für ihre Sicherheit sorgen.

Es lief alles nach Plan.

Sie marschierten die Matogianni entlang, als Julia entzückt aufschrie. Sie hatte einen Dessousladen entdeckt. Wie von ihr erwartet, zögerten ihre Leibwächter, ihr zu folgen.

Die Verkäuferin wusste Bescheid. Als Julia den Raum betrat, deutete sie auf eine Türe im hinteren Bereich des Ladens. Julia wusste: ich habe nur eine Minute Vorsprung, bis Oleg und Alexej den Trick durch-schauen würden. Sie schlüpfte durch die kleine Türe ins Freie und rannte die Gassen entlang. Spiros würde am Old Port warten. Er war es gewesen, der das Arrangement im Laden getroffen hatte.

Wie schön ihr letztes Treffen war. Zwar wehte ein kräftiger Wind und es war eher kühl, doch beim Sex in den Dünen würde ihnen schon warm werden.

Julia wurde entjungfert. Ansonsten bin ich in zehn Jahren noch ungeöffnet, weil Vater jeden jungen Mann bedroht, der ihr zu nahekommt.

Es war schön und Spiros war behutsam vorgegangen. Beide wussten: sie haben maximal eine Stunde, bis Papa Andrej die Kavallerie losschicken würde. Aber 60 Minuten waren genug für „Sex for Beginners".

Und heute?

Sie war zum Parkplatz zurückgelaufen, ohne dass sie den schwarzen Van bemerkte, der auf der Busspur stand.

Die Türe ging auf und zwei Gestalten mit Obama-Masken zerrten Julia ins Wageninnere.

Tja. Und nun liege ich hier auf der Matratze.

Klar. Es geht um Geld, um was sonst?

Und davon hat Papa wirklich genug.

Die Türe ging auf und zwei Gestalten betraten den Keller, eine mit Maske. Die zweite Person war ein Mann. Ein sanftes Gesicht – kein klassischer Schläger.

„Julia. Du möchtest schnell hier raus. Und du möchtest, dass Papa nicht von Spiros erfährt. Dafür musst du uns einen Gefallen tun. Wir brauchen als Beweis, dass du am Leben bis, ein Foto, das echt aussieht. Dazu müssten wir dir die Kabelbinder wieder anlegen. Wir schneiden sie nach dem Foto wieder auf und danach bekommst du etwas zu essen, ok?"

Die Stimme des Entführers war beruhigend und Julia glaubte ihm.

Sie fesselten ihr die Hände und Beine und setzen sie auf. Dann machte der Mann ohne Maske einige Aufnahmen mit einer Zeitung, die Julia mit den gefesselten Händen halten musste.

„Das hast du gut gemacht", sagte der Mann ohne Maske.

„Umdrehen", befahl der Mann dem zweiten Entführer auf Griechisch.

Sie packten Julia und drehten sie auf den Bauch. Einer warf sich auf den Körper uns hielt ihn fest.

„Passt", sagte der Mann ohne Maske.

Sekunden später spürte sie einen Stich zwischen ihren Beinen.

„Aua! Was soll das?"

Doch niemand antwortete ihr.

Ihr wurde schwindlig.

Dann – endlich – stellte sie sich die richtige Frage: Der Eine trug keine Maske, was bedeutet, dass ich ihn wiedererkennen würde. Daher …

Als Julia ihre tatsächliche Lage richtig einschätze, wollte sie schreien, doch wieder spürte sie Watte auf ihrem Gesicht und diesen ekelhaften Geruch.

Dann wurde sie müde.

Unendlich müde.

3

„Und? Bist du glücklich?"

„Hm. Da muss ich jetzt länger darüber nachdenken", antwortete Kommissar und Bürgermeister Angelos Nikakis.

Daniel zog ihn am rechten Ohr.

„Lügner! Jeder kann es an deinen Augen sehen!"

Und Daniel Nikakis hatte recht. Angelos konnte sich nicht erinnern, wann er je so glücklich war. Die sechs Monate mit Daniel waren aufregend, erfrischend – ein einziger Rausch der Gefühle, der eher zu- statt abnahm.

„Wenn du die Antwort doch schon kennst ...", sagte Angelos.

„Ich kann es nicht oft genug hören. Schließlich habe ich mich drei Monate abgerackert, dich zu erlegen!"

Angelos lachte.

„Ich bin doch kein Großwild. Außerdem hattest du einen hinterhältigen Plan, in dessen Fallstricken ich nur fallen konnte!"

„Dass ich nicht lache. Du bist schon am ersten Abend gedanklich in die Fallgrube gestürzt!"

Was stimmte.

Daniel hatte Angelos´ Welt erschüttert. Er war keine klassische Schönheit: der Kopf ein wenig zu rund, die Beine etwas zu lang. Aber seine runden, tiefschwarzen Augen und das faltenlose Gesicht ergaben das Bild eines süßen Teddybärs, dem niemand widerstehen konnte.

Egal, wo er auftauchte: jeder mochte Daniel sofort. Selbst Yariv, Angelos´ Ex-Partner, konnte es verstehen.

Hinzu kam, dass Daniel Lebensfreude versprühte und Kommissar Angelos Nikakis aus seiner Komfortzone holte. Er war auch frech, was Angelos gefiel. Daniels Markenzeichen: an fast jeden Satz hängte er ein zweitöniges Glucksen an, das man mit „Hö-hö" nur schlecht beschreiben konnte. Es nahm jedem Satz die Schärfe.

Zunächst wollte Angelos nicht heiraten, er war es bereits zuvor. Mit Alex, der ihm das Leben rettete und dann ermordet wurde. Mit Yariv war er nie vermählt. Ein befreundeter Priester hatte lediglich eine Zeremonie abgehalten, die einer orthodoxen Hochzeit ähnelte, aber natürlich nicht legal war. Aber Daniel hatte darauf bestanden.

„Kommt gar nicht infrage. Als wen willst du mich denn vorstellen? Als Partner? Oder noch schlimmer: als Lebensabschnittsgefährte? Oder gar als Freund? Was bin ich denn für dich?"

„Du bist der Mensch, den ich liebe", hatte Angelos geantwortet.

„Und den heiratet man. Außerdem hätte ich dann deinen Nachnamen und wäre kein Ausländer mehr. Keine Diskussion. Es wird geheiratet. Basta!"

So lagen sie nun da. Angelos und Daniel Nikakis.
„Außerdem bin ich heute dran. Also, mein Sonnen-schein: Umdrehen!"

Noch vor sechs Monaten hätte Kommissar Nikakis jeden ausgelacht, der im vorausgesagt hätte, er würde einmal passiven Sex genießen.

Angelos war der klassische Macho-Schwule, allerdings ohne Leder und Körperbehaarung. Zudem war er mit einem großen Geschlechtsteil geschlagen, sodass sich für ihn fast automatisch der aktive Part ergab. Dann kam Daniel und Angelos wollte es. Genoss es.

Und so drehte sich Angelos auf den Bauch.

Just, als das Handy brummte.

Um 2 Uhr 10.

„WAS IST?", schnauzte er.

„Signomi, Chef. Ein Kind wird vermisst", sagte Kostas von der Polizeiwache am Flughafen.

„Geht´s genauer? Wie alt? Seit wann?"

„Äh, vierzehn. Und vermisst wird sie seit drei Stunden!" Des Kommissars Blutdruck schoss in die Höhe.

„Vierzehn? Sag dem Vater, er soll am Strand von Paraga suchen. Dort wird die Kleine ihren Opiumtrip ausschlafen. Oder er soll nach Panormos. Dort wird sie vielleicht gerade von einem pickligen Italiener entjungfert. Und jetzt entschuldige mich: ich bin beschäftigt!"

„Verstanden. Aber der Vater ist ziemlich ungehalten! Irgendein Russe!"

„Hält er dir eine Waffe vors Gesicht?"

„Nein. Ich sage es ihm. Äh, dann wäre da noch etwas ..."

„Darf ich jetzt bitte weitervögeln?", knurrte Kommissar Nikakis ins Handy.

„Es schneit, Chef", sagte Kostas kleinlaut.
„Wenn du noch einmal im Dienst trinkst, kommst du zur Mühlabfuhr. Ende!"

Alle vier Männer, die das Schlafzimmer von Kommissar Nikakis je zu Gesicht bekommen hatten, liebten es auf Anhieb: denn direkt neben dem Bett stand die Espresso-Maschine. Der nervige Gang in die Küche, die zudem im Erdgeschoss lag, entfiel. Und so ratterte die Maschine, weil Daniel die Nacht verlängern wollte.
Er ging zum Fenster.
„Ich würde sagen, Kostas war nicht betrunken. Da liegen schon zehn Zentimeter Schnee!"

4

Doch es war des Unbills noch nicht genug. Wieder brummte das Handy. 7 Uhr 45. Und es war der Premierminister.
„Was zum Teufel willst du um die Uhrzeit? Und erzähle mir jetzt nichts vom Dienst am Vaterland!"
„Oh, ich hätte auch noch ganz gerne weitergeschlafen, wenn mich nicht der russische Präsident angerufen hätte!"
„Hä? Und der wusste, wie du heißt?", stichelte Angelos.

„Wahrscheinlich hat es ihm jemand aufgeschrieben. Jedenfalls war das Telefonat eines der unangenehmsten meines Lebens!"

„Und wieso bitte? Und was habe ich überhaupt damit zu tun?"

„Sehr viel. Der Zar hat sich über dich beschwert!"

„Über mich?", fragte Angelos. „Bist du betrunken?"

„Nein. Aber das folgt gleich. Er hat mir unmissverständlich deutlich gemacht, dass es ernste Konsequenzen hat, wenn wir uns nicht umgehend mit dem Fall Stepanowa befassen!"

Jetzt verstand Angelos gar nichts mehr.

„Mir sagt nicht einmal der Name etwas!"

„Dann lass dir auf die Sprünge helfen. Ein vierzehnjähriges Mädchen, Russin, soll auf Mykonos entführt worden sein Und du weigerst dich nach ihr zu suchen, heißt es!"

Langsam dämmerte es Angelos.

„Das Mädchen ist vierzehn und gerade mal ein paar Stunden überfällig. Die wird irgendwo in den Dünen kiffen oder sich vögeln lassen. Was Vierzehnjährige halt so in ihrer Freizeit tun", sagte Angelos. „Und überhaupt: was kümmert den Präsidenten das?"

„Das kann ich dir sagen: Julia, so heißt die Göre, IST SEIN PATENKIND!"

Da verschlug es Kommissar Nikakis doch die Sprache.

„Das ändert nichts daran, dass es noch immer keine Entführung ist. Wie kommt er darauf?"

„Ich würde sagen: WEIL SICH DIE ENTFÜHRER GEMELDET HABEN", bellte Premierminister Migiakis.

„Mitten in der Nacht? Schläft denn heutzutage niemand mehr?"

„Nicht jeder hat eine neue Schönheit im Bett und lässt sich stundenlang durchvögeln. Also: Du fährst jetzt zu diesem Herrn Stepanow und kümmerst dich um das Ganze. Ich möchte nicht nochmal mit dem Herrn aus Moskau telefonieren. Ich dachte zwischendurch, der Hörer gefriert mir ans Ohr!"

Was eine Untertreibung war. Die Stimme Russlands hatte ihm unverhohlen gedroht. Nicht laut – im Gegenteil: der Präsident sprach leise. Je leiser, desto drohender.

„Wissen Sie, ich könnte meine ganze Zeit damit verbringen, eine kleine Kampagne gegen Sie – oder gleich das ganze Land – zu starten. Ich habe da ein paar ganz erstaunlich begabte Männer und Frauen, die schon so manche Wahl in unserem Sinne, sagen wir, beeinflusst haben. Aber natürlich liegt es mir fern, Ihnen drohen zu wollen. Es sollte genügen, wenn ich Ihnen sage, dass Viktor Stepanow ein enger Freund und seine Tochter mein Patenkind ist. Ich würde es daher begrüßen, wenn Ihre Polizei all ihre Kräfte darauf verwendet, das Mädchen umgehend und unverletzt zu ihrem Vater zurückzubringen!"

„S-selbstverständlich", stammelte Antonis Migiakis.

„Ich habe die Akte dieses Kommissars auf meinem Tisch. Sehr beeindruckend. 22 Mordfälle, soweit uns bekannt, alle gelöst. Was mich besonders anspricht: nur zwei Verdächtige landeten vor Gericht. Sechzehn wurden während des Zugriffs tödlich verletzt, drei verschwanden spurlos, einer beging Selbstmord. Der Mann ist ganz nach meinem

Geschmack. Ich bin überzeugt, Herr Nikakis ist der Richtige. Er möge nun tätig werden. Haben wir uns verstanden?"

Premierminister Migiakis hatte bisher nur ein einziges Wort gesagt.

Jetzt folgte sogar ein ganzer Satz.

„Natürlich rufe ich Herrn Nikakis umgehend an!"

5

Das Haus von Kommissar Angelos Nikakis lag an der inneren Bucht von Ornos. Von dort konnte man die protzige Villa von Andrei Stepanow sehen.

„Hochlaufen?", fragte Daniel.

Angelos schnaubte.

„Kein Grieche läuft, wenn er es vermeiden kann!"

Doch trotz Allradantrieb blieb der SUV schon an der ersten Kuppe hängen. Angelos fluchte.

Aber Laufen kam nicht infrage.

Über die alte Uferstraße fuhr er zum Hafen und dann die Umgehung hoch. Dort hatten die Baufahrzeuge den Schnee schon zu Brei gefahren. Nach zwanzig Minuten erreichten Angelos und Daniel die Villa, von der nicht einmal der Bürgermeister wusste, ob sie zu Ornos gehört oder noch in Drafaki liegt.

Optisch war Mykonos zu einem Siedlungsbrei verquollen. Freie Flächen gab es nur im Osten. Noch.

„Siehst du: nichts und niemand hält die Polizei Mykonos auf", sagte Angelos.

„28 Minuten für 500 Meter sind wirklich rekordverdächtig. Sag mal, welcher Architekt hat denn dieses Ding verbrochen? Sieht aus wie eine Blechdose, die in den Berg gerammt wurde", meinte Daniel.

„Ich habe ihm drei Mal die Baugenehmigung verweigert. Dann ist er nach Syros gelaufen …"

„…und hat ein paar Scheine auf den Tisch gelegt", vollendete Daniel den Satz.

6

Andrei Stepanow wurde von nur einem Gefühl beherrscht. Nein, es war nicht die Sorge um seine Tochter, sondern unbändige Wut. Dass es irgendjemand gewagt hat, ihn anzugreifen und das auf persönlicher Ebene. Wut auf die zwei Trottel, die Julia haben entwischen lassen. Und Wut auf den verfluchten Kommissar, der noch immer nicht aufgetaucht war.

Das cholerische Element seiner Persönlichkeit hatte er von seinem Vater vererbt bekommen. Der, hoher Offizier beim KGB, hatte Andrei bei der kleinsten Verfehlung mit dem Gürtel verdroschen.

Die gleiche Strafe, die vor einer Stunde die zwei Security-Männer ereilte, nachdem Andrei ihnen den Kiefer hatte brechen lassen. Aber das war nur ein

Vorgeschmack dessen, was er ihnen antun würde, sollte Julia etwas zustoßen.

Andreis beruflicher Werdegang war vorherbestimmt. Wie der Vater, so der Sohn.

In den chaotischen Neunziger Jahren war Andrei einer der wenigen leitenden Offiziere, die trotz fehlender Bezahlung bei der Stange blieben. Zusammen mit dem Mann, der heute der mächtigste Mann Russlands ist. Bedingungslose Loyalität und die Teilhabe an Andreis geschäftlichem Erfolg sorgten für gute Stimmung zwischen den beiden Berufskollegen. In den Jahren des Wilden Ostens hatte sich Andrei zwei Gasturbinenwerke unter den Nagel gerissen und war mit den Erlösen ins eigentliche Gasgeschäft eingestiegen. Seit letztem Jahr war er im Club der Milliardäre angekommen und nicht am Ende der Liste.

Er hatte als einer der ersten begriffen, dass er sich nicht politisch betätigen darf und regelmäßig größere Beträge an den größten Kleptomanen abzuführen hat.

Nun stand Andrei Stepanow am Fenster und sah, wie der SUV mit Angelos und Daniel Nikakis vorfuhr.

Zwei Leibwächter mit der Statur von Einbauschränken standen breitbeinig vor dem protzigen Eingang zu dem Monstrum, das der Besitzer wohl als Villa bezeichnen würde.

„Vergessen Sie das", knurrte Angelos, als die Leibwächter sich anschickten, ihn abzutasten. „Außerdem packen Sie Ihre Waffen mal ganz schnell weg!"

Andrei Stepanow war eher von kleiner Statur, maximal 1 Meter 70, mit stahlblauen Augen.

„Da sind Sie ja. Wer von Ihnen ist Nikakis?"

„Sie können uns beide mit ‚Herr Nikakis‘ anreden!"

„Brüder?"

„Nein, schwul und verheiratet", antwortete Kommissar Nikakis.

„О Боже, два педика", stöhnte Stepanow auf Russisch in Richtung seiner Leibwächter.

Oh Gott. Zwei Schwuchteln.

Daniel schob Angelos beiseite und raunzte zurück:

„Два педика могут идти домой. Плюс, ты никогда не увидишь свою дочь снова!"

Die zwei Schwuchteln können auch nach Hause fahren. Dann stirbt Ihre Tochter halt!

„Du sprichst Russisch?", fragte Angelos überrascht.

Daniel grinste.

„Jeder vierte Israeli ist Russe. Da empfiehlt es sich, etwas Russisch zu können!"

„Ich glaube nicht, dass das auf deinem Bewerbungsbogen stand", sagte Angelos.

„Unter der Rubrik ‚Fähigkeiten‘ war einfach nicht genug Platz", antwortete Daniel schmunzelnd.

„Gut, Herr Stepanow, dann wäre das geklärt. Können wir uns nun Ihrer Tochter widmen? Als Erstes brauchen wir ein Foto für die Social Media-Kanäle", sagte Angelos.

Stepanow grinste.

„Das hat die Zentrale in Moskau schon erledigt. Auf allen Seiten der Gemeinde steht ein Suchaufruf mit mehreren Bildern. Wir dachten, dann können Sie sich sofort auf die Suche machen!"

Angelos konnte sich nur mit Mühe beherrschen, sagte aber nichts.

„Wir brauchen einen genauen Zeitablauf. Vor allem die Aussagen der Leibwächter. Julia wird ja wohl nicht alleine ausgegangen sein!"

„Natürlich geht sie nie ohne Begleitung aus. Es sind immer zwei Männer bei ihr!"

„Die sie offensichtlich aus den Augen verloren haben", bemerkte Angelos.

„Sie hat sie ausgetrickst. Schlau wie ihr Vater. Sie ist in einen Dessous-Laden hinein und durch einen Hinterausgang entwischt!"

„Und wann war das? Und wo sind die zwei Helden?"

„Das war gegen 21 Uhr. Leider stehen Ihnen die beiden Leibwächter nicht zur Verfügung. Beide haben sich den Kiefer gebrochen. Ein Unfall", meinte Stepanow mit gespieltem Bedauern.

„Gleichzeitig? Wie ungewöhnlich", spöttelte Angelos.

„Spielt aber keine Rolle. Die beiden wissen nichts, außer, dass Julia seit dem Betreten verschwunden ist!"

„Im Laden wurde sie aber nicht gekidnappt, oder?", fragte Angelos.

Stepanow schüttelte den Kopf.

„Nein. Die Verkäuferin meinte, Julia habe nach dem Hinterausgang gefragt, weil ihr angeblich jemand gefolgt war!"

„Bei allem Respekt: das klingt eher so, als wäre Julia freiwillig abgetaucht!"

„Warum sollte sie das tun?"

„Aus Liebe. Oder um Geld von der eigenen Familie zu erpressen. Jede dritte Entführung ist in Wirklichkeit keine", sagte Angelos.

„Julia bekommt von mir alles, was sie braucht. Und von einer Liebelei wüsste ich."

Weil du das Mädchen rund um die Uhr an die Leine nimmst, dachte Angelos.

„Außerdem haben die Entführer ja angerufen", sagte Stepanow.

„Wann? Und was haben sie genau gesagt? Mann oder Frau?", fragte Angelos genervt.

„Es war eine verzerrte Computerstimme. Sie sagte nur: ‚Wir haben Ihre Tochter. Keine Polizei. Wir melden uns wieder um 12 Uhr.' Das war alles. Keine Lösegeldforderung!"

„Das ist durchaus üblich. Dadurch erhöht man den psychischen Druck auf die Familie!"

Oder das Opfer ist schon tot, ergänzte Angelos in Gedanken.

„Gut. Dann organisiere ich die Suchtrupps und bin vor Mittag wieder hier. Mein Mann bleibt hier für den Fall, dass sich die Entführer früher melden!" Und euch im Auge zu behalten, dachte Angelos.

Kurz nachdem Angelos Nikakis die Villa verlassen hatte, rief er eine Nummer in Tel Aviv an.

„Yossi? Ich bräuchte eine Gefälligkeit. Könntest du eine Nachricht an eine E-Mail-Adresse schicken mit Malware im Anhang, die alles lahmlegt? Und die Gespräche müssten auf mein Handy umgeleitet werden. Als Absender der Mail müsste Julia Stepanowa genannt werden! Ist nichts Gefährliches. Nur eine kleine Lektion!"

„Es handelt sich aber nicht um den Stepanow aus dem inneren Zirkel im Kreml?", fragte Yossi.

„Genau den. Seine Tochter wurde entführt. Ein reiner Kriminalfall, nichts Politisches", versuchte Angelos zu beschwichtigen.

Yossi begann zu lachen.

„Bei Stepanow ist alles politisch. Ich mache es, aber halte uns da sonst raus. Die Russen haben gewaltigen Einfluss. Halb Tel Aviv ist russisch", knurrte Yossi. Wie vielen Israelis war ihm die Einwanderungswelle aus Russland ein Dorn im Auge.

„Danke", sagte Angelos und fuhr zur Polizeistation am Flughafen. Maria, Leiterin der Polizei und Nikos, der Feuerwehr-Kommandant, standen schon vor dem Gebäude.

7

Noch immer war es lausig kalt. Drei Grad.

„Wie viele sind überhaupt da?"

„Außer mir? Niemand. Alle unterwegs bei Verkehrsunfällen", sagte Maria.

„Und wir sind auch alle draußen. Am Hafen hat´s so gescheppert, dass wir die Rettungsschere brauchen. Und danach müssen wir alle nochmal Unfallstellen abfahren …"

„...und Bindemittel streuen. Schon klar. Ihr wollt mir sagen, wir haben niemanden, der nach dem Mädchen sucht. Der Premierminister flippt aus!"

„Sag ihm das, was du immer sagst: die Meinung Athens interessiert auf Mykonos niemand", schlug Nikos vor. „Außerdem: wir sehen bei dem Sauwetter nichts!"

Angelos nickte.

„Und es stehen im Februar bestimmt 500 Häuser leer. Kein Problem, eines davon als Basis auszuwählen!"

Der Graupel fegte quer über den Hof.

„Gut. Kann man nicht ändern. Setzen wir darauf, dass die Übergabe klappt und die Geschichte morgen vorbei ist. Vielleicht bekommen wir beim Austausch eine Möglichkeit zum Zugriff", sagte Angelos.

„Wir könnten in Athen anfragen, ob wir die Bereitschaft oder OPKE bekommen", meinte Maria.

„Und wie sollten die hierherkommen? Der Flughafen ist gesperrt und ob die Fähre überhaupt ablegt, weiß niemand", widersprach Angelos.

„Kümmere du dich um die Verkäuferin in dem Dessous-Laden und check die Kameras. Wieso hat das Geschäft überhaupt auf?", fragte Angelos.

Maria lachte.

„Ach, Schöner: am Montag ist Kefteri Defteri. Da kommen die Leute aus Athen und das Wetter soll deutlich besser werden!"

„Du hast Recht. Rosenmontag. Hatte ich vergessen. Na gut, dann fahre ich wieder zu Herrn Stepanow und warte auf den Anruf der Entführer!"

Angelos zögerte.

„Irgendetwas stimmt hier nicht. Aber ich komme nicht drauf, was", sagte er und lief mit eingezogenem Kopf zum Auto.

8

Als Angelos das zerknautschte Raumschiff betrat, stand Daniel neben Stepanow und fuhr sich durch das verwuschelte Haar.
Es war die richtige Entscheidung, dachte Angelos.
Daniel sah ihn und kam lächelnd auf ihn zu.
„Ich liebe es, wenn du mich so verliebt ansiehst. Hoffentlich ist das auch noch in dreißig Jahren so!"
„Die Chancen stehen gut: die Kulleraugen bleiben ja dieselben", sagte Angelos.
Plötzlich geriet der ganze Raum in Aufregung.
Hektisch liefen alle zu den Computern. Es wurde laut.
„EIN BLACKOUT. WAS FUNKTIONIERT IN DIESEM SCHEISSLAND EIGENTLICH?", brüllte Andrei Stepanow in Richtung Angelos und Daniel.
„Das ist kein Blackout, schließlich brennen die Lampen noch. Ich dachte mir, es ist sinnvoller, wenn während des Anrufs der Entführer niemand stört. Wissen Sie, wir haben da einige erstaunlich begabte junge Männer und Frauen, die im Cyberraum praktisch wohnen", sagte Angelos.
Daniel drehte sich um und prustete los.

„SIND SIE VERRÜCKT? Die Entführer rufen auf meinem Handy an", brüllte Stepanow.

„Ich vergaß: die Gespräche werden auf mein Handy umgeleitet!"

Stepanows Gesichtsfarbe erreichte die Stufe „überreife Tomate", sagte aber nichts.

„Köstlich", flüsterte Daniel Angelos ins Ohr.

Angelos packte Stepanow am Arm.

„Wir haben noch zwanzig Minuten. Genügend Zeit, um einige Punkte zu klären. Unter vier Augen!"

„Gehen wir auf die Terrasse", schlug Stepanow vor.

„Bei der Kälte?", fragte Angelos ungläubig.

„Beheizt, Herr Kommissar!"

Tatsächlich war es angenehm warm, während ein weiterer Graupelschauer vorbeizog.

„Gut. Jetzt hätte ich ein paar Fragen. Den jeweiligen Wutanfall können Sie sich sparen. Hat Ihre Tochter einen Freund oder Liebhaber?"

Stepanow schnaubte.

„Sie ist vierzehn!"

Angelos grinste.

„Das Alter, in dem man gewöhnlich verliebt ist! Ich vergaß natürlich: sie kann keinen Schritt ohne ihre Aufpasser machen. Da wäre ich lieber arm!"

„Meine Tochter führt ein glückliches Leben. Wann sie einen Freund haben darf, bestimme ich. Jetzt ist sie auf alle Fälle noch zu jung!"

„Jeder dritte Entführungsfall ist nur fingiert. Meist sind es Töchter, die mit ihrer großen Liebe flüchten wollen und Geld brauchen!"

„Das klingt so, als würden Sie den Fall nicht ernst nehmen. Ich werde …", regte sich Stepanow auf.

„Beruhigen Sie sich. Es ist eine Standardfrage, die verhindern soll, dass mit großen Geschützen auf Spatzen geschossen wird. Bei einem Einsatz von Spezialkräften werden oft Menschen verletzt. Gut. Dann zur nächsten Frage, die eine rein rhetorische ist: Sie haben zweifellos Feinde. Sie waren wie Ihr Vater beim KGB. Da tritt man so manchem auf die Zehen. Und Gas und Öl sind nicht gerade Branchen, in denen man mit Samthandschuhen vorgeht, nicht wahr?"

„Sie haben keine Ahnung, wie es in den Neunzigern in Russland zuging. Es war der Wilde Westen!"

Wobei der ein Abklatsch in Sachen Gewalt im Vergleich zu Russland war, dachte Angelos.

„Im letzten Jahr ist Ihre Datscha in Jesewo in die Luft geflogen, oder?"

Stepanow stutzte.

„Woher wissen …"

„Spielt keine Rolle. Gibt es aktuell jemand, der Sie besonders hasst? So sehr, dass er Ihre Tochter entführen lässt?"

„Zutrauen würde ich es den meisten meiner Konkurrenten. Früher ließ man die Kinder aus dem Spiel, aber diese Grenze ist längst überschritten. Doch einen konkreten Namen kann ich Ihnen nicht nennen", sagte Stepanow.

„Na gut. Zehn vor zwölf. Sie können mithören, mischen sich aber nicht ein. Ist das klar?", fragte Angelos.

Stepanow fluchte auf Russisch.

„Und ich hoffe, Sie haben genügend Geld in der Portokasse. Kann auch sein, dass man Diamanten fordert. Auch Kriminelle gehen im Internet auf Fortbildung. Bargeld ist schwer und auffällig!"

„Keine Sorge. Ich bekomme alles, was ich will. Wie gesagt, Julia ist das Patenkind …"

„Was ihr im Moment nichts nützt", knurrte Kommissar Nikakis.

Wieder zurück im Raum, zog Angelos Daniel zur Seite. „Irgendetwas stimmt hier nicht. Wenn ich nur wüsste, was es ist!"

9

Die Entführer waren pünktlich. Es war exakt zwölf Uhr, als Angelos´ Handy vibrierte. Die verzerrt klingende Stimme verlor keine Zeit. „Drei Millionen Euro in kleinen Diamanten. Sie fahren um zehn Uhr am Hafen los, Richtung Ano Mera. Weitere Anweisungen während der Fahrt!"

„Wir brauchen noch ein Lebens..."

Doch weiter kam Angelos nicht. Die Leitung war tot.

„Sie hätten ihn länger hinhalten müssen. Dann hätte man den Standort anpeilen können", blaffte Stepanow.

„Hinhalten? Ich kam gar nicht zu Wort. Und vergessen Sie die Ortung des Gesprächs. Das gibt es nur im Fernsehen. Was soll es auch bringen? Kein Entführer ist so dumm und telefoniert vom Versteck aus. Und was hilft mir der Standort des Gesprächs? Der wirft das Handy weg und fährt los. Früher gab es noch Telefonzellen, die man überwachen konnte. Leider leben wir im 21. Jahrhundert", entgegnete Angelos.

„Sie haben es gehört. Ich brauche die drei Millionen um zehn Uhr am Hafen!"

„Und der Austausch?", fragte Stepanow.

Angelos verdrehte die Augen.

„Gibt´s heutzutage nicht mehr. Die Geisel wird irgendwo ausgesetzt, hält das nächste Auto an oder läuft zum nächsten Haus!"

„Und wann kommen die Spezialkräfte für die Verfolgung der Täter?"

„Zuerst wollen wir doch Julia zurück. Alles danach ist reine Polizeiarbeit. Und zu den Spezialkräften: ich brauche nur eine Spezialkraft – meinen Mann!"

10

Die Straße hinunter nach Ornos war endlich schneefrei, dennoch war die Fahrbahn durch zwei Abschleppwagen blockiert, die versuchten, ein Blechknäuel zu sortieren.

„Dann halt die große Runde", knurrte Angelos.

„Du schaust so nachdenklich", sagte Daniel.

„Ich weiß einfach nicht, was ich von der Sache halten soll", antwortete Angelos.

„Darf ich dir auf die Sprünge helfen?"

„Ich bitte darum!"

„Gut. Ich habe eine Minute gebraucht, um über Google herauszufinden, wie hoch das Vermögen von Herrn Stepanow in etwa ist: zwischen zehn und zwölf Milliarden. Die Entführer wissen das auch – und trotzdem verlangen sie nur 3 Millionen? Wie viel Männer braucht man für eine Entführung?", fragte Daniel.

„Mindestens vier. Vor der Entführung musst du das Opfer observieren, Gewohnheiten und Sicherheits- maßnahmen feststellen. Nach der Tat muss das Opfer rund um die Uhr bewacht werden. In meinen Fällen waren es immer mindestens vier", sagte Angelos.

„Macht 750.000 pro Kopf. Ehrlich: das wäre mir zu wenig im Vergleich zu der Gefahr, von ein paar Russen lebendig gehäutet zu werden. Von der Summe kannst du dir nicht einmal ein Haus auf Mykonos kaufen. Ich hätte eine Summe von fünfzig bis hundert Millionen angesetzt. So viel, dass du den Rest deines Lebens unter dem Radar bleiben kannst!"

Angelos lächelte.

„Ich wusste zwar, dass du der raffinierteste meiner Männer bist, aber langsam befürchte ich, du bist auch der intelligenteste!"

„Ich kann mich auch dümmer stellen, wenn dir das lieber ist", sagte Daniel und ließ seine Kulleraugen leuchten.

Angelos musste lachen.

„Und noch etwas: wir haben bisher kein Lebens- zeichen. Dabei liegt es doch im Interesse der

Entführer, der anderen Seite zu beweisen, dass das Opfer noch lebt", sagte Daniel.

„Stimmt. Das war kein Gespräch, sondern eine Ansage. Bisher bin ich immer mit den Entführern ins Gespräch gekommen, um eine Art Beziehung aufzubauen. Beide Seiten wollen ja dasselbe: dass Übergabe und Austausch reibungslos klappen. Aber hier?"

„Bedeutet was?", fragte Daniel.

Angelos zuckte mit den Schultern.

„Dann spreche ich es aus: ich befürchte, das Mädchen ist tot und wurde unmittelbar nach der Entführung getötet! Ich hoffe aber, dass ich mich täusche!"

„Dann wäre es ein geplanter Mord. Wenn du Recht hast, dann befürchte ich, dass Stepanows Zorn grenzenlos sein wird. Nicht nur, weil seine Tochter tot ist. Ihn wird es zerreißen vor lauter Rachsucht. Wir würden nicht nur die Täter suchen müssen, sondern auch gewaltige Probleme bekommen, seinen Rachefeldzug zu stoppen", meinte Angelos.

„Dann, mein Sonnenschein, hoffen wir mal, dass das Mädchen noch lebt", sagte Daniel.

Aber er glaubte nicht daran.

11

Warum fährst du nicht los? Es ist kurz nach zehn?", fragte Daniel.

„Das wirst du gleich sehen!"

Zwei Minuten später vibrierte die Freisprechanlage.

„WARUM STEHEN SIE DA NOCH SO BLÖDE HERUM? HABEN SIE KEINE UHR?"

Stepanows Stimme war sicher auch außerhalb des Mercedes AMG zu hören.

„Ich fahre erst los, wenn Sie wieder zuhause sind. Sie wollen Ihre Tochter lebend wieder haben? Dann ziehen Sie sich und Ihre Leute zurück!"

Stepanow fluchte, dann war das Gespräch beendet.

„So. JETZT fahren wir los!" Angelos hatte gerade den ersten Kreisel erreicht, als es wieder brummte.

Es war Maria.

„Wir haben das Mädchen gefunden. Sie ist tot!"

„Wo?", fragte Angelos.

„Bei den Bergwerken. Sankt Barbara."

Angelos fluchte.

Die ehemaligen Bergwerke lagen im Nordosten, waren eine gottverlassene Ansammlung von Gebäuden. Nur die Kapelle, gewidmet der Schutzpatronin der Bergleute, war in gutem Zustand.

Das Problem: die Straßen dorthin waren mangels Notwendigkeit in desaströsem Zustand und durch das Wetter und den Matsch noch schwerer zu befahren.

„Armes Ding. Und Stepanow wird ausrasten", bemerkte Daniel.

Nach gut 20 Minuten erreichten Sie das alte Bergwerksdorf. Maria saß mit hängendem Kopf auf einem Grabstein.

„Sie sieht nicht gut aus", sagte Daniel.

Wortlos stieg Angelos aus. Maria deutete mit dem Daumen in Richtung Türe.

Nachdem Angelos das Portal geöffnet hatte, erstarrte er – obwohl er Leichen gewohnt war. Es war nicht der Geruch des Todes – diese unvergleichliche Mischung aus Kot, Urin und einer süßlichen Note.

„Grundgütiger", sagte Angelos angesichts der Leiche.

„Was zum Teufel ist das?", fragte Daniel.

„Tja. Das ist Julia in einem seltsamen Zustand!"

Julia lag auf dem Boden der Kapelle, bekleidet nur mit einem Shirt und einem Slip.

Das Bemerkenswerte aber war die Hautfarbe. Sie war grau. Und noch etwas stimmte nicht: an manchen Stellen war der Körper regelrecht eingefallen.

„Sieht aus wie eine Gummipuppe, bei der man die Hälfte der Luft ausgelassen hat!"

„Das trifft es ziemlich gut. Kein Blut, keine sichtbare Verletzung. Gehen wir raus", sagte Angelos.

„Wer hat angerufen?", fragte Angelos Maria.

„Die Frau, die sich um die Kapelle kümmert. Ich habe die Personalien aufgenommen!"

„Damit ist klar: es war nie eine Entführung, sondern ein gewöhnlicher Mord", meinte Angelos.

„Das sieht Stepanow sicher anders", sagte Daniel.

„Dann fahre ich mal hin und überbringe die schlechte Nachricht", sagte Angelos.

„Nein, Sonnenschein. Das mache ich. Du machst die Spusi und ich versuche, ihn auf Russisch zu beruhigen, sofern das bei einem Mord an der eigenen Tochter überhaupt geht!"

„Und wenn er auf dich losgeht? Du weißt: es trifft immer den Überbringer von schlechten Nachrichten!"

„Das soll er versuchen", sagte Daniel und stieg ins Auto.

„Also Cojones hat er, das muss man ihm lassen", sagte Maria.

Angelos schüttelte den Kopf.

„Diese Zuversicht, dass alles gut läuft, fasziniert mich. Das ist keine Arroganz, sondern schlicht die Überzeugung, dass er ein Problem lösen wird!"

„Wir Griechen sind eher schwermütig. Als Israeli musst du zuversichtlich sein, ansonsten würdest du unter der dauernden Angst zusammenbrechen!"

Angelos zuckte mit den Schultern.

„Gut. Maria, du machst die Reifenabdrücke. Ich schlüpfe in das Kondom und fange mit der Spusi an!"

„Stepanow wird den ganzen Tatort kontaminieren", gab Maria zu bedenken.

„Ich habe vierzig Minuten, das ist eine Menge Zeit", sagte Angelos.

Er ging wieder in die Kapelle und begann mit dem Standard-Procedere. Fingernägel, Kampfspuren, Türklinke, erste, grobe Leichenschau.

Die Leiche wies keine sichtbare Verletzung auf, auch keine Kampfspuren. Vielleicht wurde sie vergiftet.

Das könnte auch die Verfärbung erklären, denn manche Gifte verändern die Pigmentierung der Haut. Aber was zum Teufel führte zu dem eingefallenen Gesicht? Sie sieht aus, als wäre sie verhungert, was aber nicht sein kann. Dafür war die Zeit zu kurz.

Ratlos schaute Angelos auf die Leiche.

„Sie kommen", rief Maria von draußen.

Daniel ging um das Auto herum, öffnete die Beifahrertür und half Andrei Stepanow aus dem Wagen.

Daniel stützte ihn und sprach leise mit ihm.

Mit der Hand signalisierte Daniel, dass Angelos wegbleiben sollte.

Vor der Türe fragte Daniel Stepanow:

„Bereit? Es ist kein schöner Anblick!"

„Dawai", flüsterte Stepanow.

Ein paar Sekunden später hörte man einen Schrei, der von einem verwundeten Tier hätte stammen können.

12

Sie hat keine sichtbare Verletzung", sagte Angelos zu Daniel.

„Was bedeutet, wir müssen auf die Obduktion warten und die kann eine Woche dauern", antwortete Daniel.

Angelos grinste und sagte:

„Zuhören und lernen!"

Er zückte sein Handy und tippte auf „Pathologie Athen".

„Nikakis", meldete sich Angelos.

„Oh nein. Nicht schon wieder. Ich habe vierzehn Leichen und die kommen zuerst dran, auch wenn der große Nikakis anruft. Keine Sonderbehandlung!"

„Schade", sagte Angelos. „Dann schicke ich die Leiche nach Thessaloniki und der Kollege Theodorakis wird der große Star auf dem nächsten Pathologen-Kongress. Bekommt er halt die ‚Leiche des Jahres'!"

Stille.

„Hast du Fotos?", fragte Karnezis.

„Natürlich. Moment!"

Angelos schickte mehrere Aufnahmen von Julias Leiche.

Er hörte förmlich, wie Karnezis´ Gehirn rotierte.

„Ich komme mit der ersten Maschine. Und nichts anfassen!"

„Herzlichen Dank", sagte Angelos.

Daniel prustete los.

„Böser Junge!"

„Die Eitelkeit und der Geltungsdrang sind mitunter größer als die Trägheit! Gut. Machen wir weiter. Gib mir bitte die Blutlampe!"

„Was ist eine Blutlampe?"

„Signomi. Die UV-Lampe. Steckt ganz hinten im Koffer!"

Aber nachdem Angelos den gesamten Kopf und auch den Boden ausgeleuchtet hatte, war er nicht schlauer geworden.

„Keinerlei Blut. Und das bedeutet?", fragte er Daniel.

„Sie ist nicht hier ermordet worden", antwortete Daniel.

„Richtig. Schauen wir uns die andere Kopfhälfte an!" Der Kopf zeigte nach links.

„Dreh den Kopf vorsichtig auf die andere Seite, denn sonst …"

Ein lautes Knacken hallte durch die Kapelle.

„Du hast ihr das Genick gebrochen, aber egal", sagte Angelos.

„SCHAU DIR DAS AN", rief Daniel.

Und tatsächlich. Auf der rechten Seite des Kopfes waren am Übergang vom Hals Wunden zu sehen.

„Ich fasse es nicht", sagte Daniel, „Es sieht aus wie ein Biss!"

So war es auch. Im Bereich der Schlagader waren ober- und unterhalb Bissspuren zu sehen.

„Acht oben, acht unten. Ein bisschen wenig für ein menschliches Gebiss. Und schau dir den Reißzahn an. Die Wunde ist viel zu groß für einen normalen Zahn", sagte Angelos.

„Willst du etwa sagen, Julia wurde Opfer eines Vampirs?", fragte Daniel.

„Es gibt keine Vampire, aber ich kann dir auch keine andere Erklärung liefern. Halten wir uns an die Fakten!"

„Kann man die Schlagader wirklich durchbeißen?", fragte Daniel.

„Oh ja. Kiefer und Zähne sind gefährliche Waffen. Aber für so einen glatten Biss müsste der Körper stillhalten. Ich wette, wir finden im Blut ein Betäubungsmittel!"

„Der Täter muss regelrecht getrieft haben. Das Blut spritzt doch wie eine Fontäne aus der Schlagader. Selbst wenn es ein Vampir war: Vier bis fünf Liter sind eine happige Mahlzeit!", sagte Daniel.

„Du redest schon so respektlos daher wie ein langgedienter Kommissar. Ist Maria schon zurück?", fragte Angelos.

Sie hatte Stepanow nach Hause gefahren.

„Nein. Als Nächstes müssen wir den Leichnam in die Klinik bringen", sagte Daniel.

Angelos zögerte.

„Was, wenn Stepanow in einem Anfall von Trauer und Wut beschließt, seine Tochter zu sich zu holen. Wenn seine Leute die Klinik stürmen, könnte es Verletzte geben!"

„Haben wir denn eine Alternative?"

Angelos wischte über sein Handy.

„Fünf Grad heute Nacht. Das ist kälter als in der Pathologie!"

„Mit Pathologie meinst du das Kellerloch, indem ein Gastro-Kühlschrank steht, den du einem Hotelier abgekauft hast?"

„Du kannst dir deinen Spott sparen. Die Alternative wäre ein Transport mit der Fähre nach Athen. Im Sommer würde der Leichnam durch die Hitze und Gase einfach explodieren. Ich habe das in Saloniki einmal live erlebt und mir überlegt, wie eine improvisierte Lösung aussehen könnte. Übrigens funktioniert sie ganz hervorragend!"

„Entschuldigung. Wohin soll denn der Leichnam, wenn nicht in die Klinik?"

Angelos grinste.

„Wir nehmen ihn mit nach Hause!"
„SPINNST DU? Willst du sie falten und in unseren Kühlschrank legen?", sagte Daniel.
„Red keinen Unsinn. Wir legen sie auf unsere Terrasse. Überdacht bei fünf Grad: beste Bedingungen!"
„Aber dann kärcherst du morgen die Terrasse!"

13

S ag mal, ist es morbide, wenn eine Leiche im Haus liegt und man trotzdem Lust auf Sex hat?", fragte Daniel.
„Die Leiche ist nicht im Haus. Außerdem hat sie bestimmt nichts dagegen", antwortete Angelos.
„Wann kommt eigentlich Karnezis?"
„Mit der ersten Maschine. 7 Uhr 10", knurrte Angelos.
Daniel lachte.
„Oh je. Weißt du um die Zeit überhaupt schon, wie du heißt?"
„Nein. Aber deine Schadenfreude ist unangebracht. Denn du wirst mit mir aufstehen", sagte Angelos und grinste.
„Warum das denn?"
„Weil du die Leiche in die Klinik bringst!"
„IIICH? Soll ich sie auf das Autodach binden?"
„Unsinn. Batsos kommt um 7 Uhr mit dem Leichenwagen und zwei Mann. Du musst nur mitgehen! Im Übrigen: du hast mich heute schwer beeindruckt.

Das Überbringen einer Todesnachricht, gerade bei Kindern, ist das Schlimmste an unserem Job!"

„Hast du gerade ‚unser Job' gesagt? Habe ich die Kommissarsprüfung bestanden?", fragte Daniel.

„Einigen wir uns auf ‚Kommissaranwärter'", sagte Angelos.

Am nächsten Morgen nahm sich Kommissar Nikakis vor, den Chef der Athener Pathologie mit fröhlicher Miene zu begrüßen. Als Inbegriff eines Griesgrams würde ihn das besonders ärgern.

Und so war es auch. Auf das „einen WUNDER-SCHÖNEN guten Morgen und willkommen auf Mykonos" folgte ein kurzes „Lecken Sie mich kreuzweise. Ich frage mich, warum es Ihnen jedes Mal gelingt, mich zu Dingen zu bewegen, die ich nicht will!"

„Nun, vielleicht liegt es an meinem fröhlichen Gemüt oder dem schönen Gesicht", sagte Angelos.

„Außerdem habe ich die besten Leichen! Soll ich Ihnen einen Koffer abnehmen?"

„Finger weg", knurrte Karnezis. „Wo ist Ihr Wagen?"

„Sie stehen genau davor!"

„Ein Mercedes AMG? Typisch Mykonos: immer dick auftragen!"

„Ein Peugeot ist nur ein besserer Schubkarren!"

Angelos wusste, dass Karnezis dienstlich wie privat Peugeot fuhr – oder fahren musste.

„Und jetzt los. Wo ist die Leiche?", fragte Karnezis.

„Bei mir zuhause", sagte Angelos mit fröhlichem Gesicht.

„SIND SIE WAHNSINNIG?", fauchte Karnezis.

„Ruhig bleiben. Die Leiche liegt auf der Terrasse. Überdacht, trocken, bei 5 Grad. Ideale Bedingungen! Und sie dürfte mittlerweile in der Klinik angekommen sein."

„Und warum …?"

„Weil ich verhindern wollte, dass der Vater seine Tochter heimbringen lässt. Der Herr Papa ist nämlich russischer Oligarch mit angeschlossener Schläger-truppe!"

„Aha. Nun, ich bin es gewohnt, dass Sie mir vor der Obduktion schon sagen können, was ich finden werde. Todesursache?"

Auf diesen Moment hatte Angelos gewartet. Genüsslich sagte er:

„Tod durch Vampirbiss!"

14

Chefpathologe Karnezis umrundete mehrmals den Seziertisch mit der Leiche – mit leuchtenden Augen.

„SPEK-TA-KULÄR", lautete sein Kommentar.

„Da liegt ein Mensch, ein junges Mädchen!", protestierte Daniel.

„Oh je, ein Gutmensch. Nikakis, sagen Sie Ihrem Partner, dass ich hier meine Arbeit mache", knurrte Karnezis.

„Er hat recht, Daniel. Pathologen, aber auch Kommissare müssen eine gewisse Distanz zum Opfer einhalten. Zu viel Emotionen trüben den Blick", sagte Angelos.

„Danke. Und nun lassen Sie uns endlich anfangen!" Mit der Lupe suchte Karnezis jeden Quadratzentimeter der Leiche ab. Dann machte er sich an Julias Beinen zu schaffen.

„Herrgott, Nikakis. Nun helfen Sie mir doch. Los! Ich muss die Innenseite inspizieren!"

Die Leichenstarre war so weit fortgeschritten, dass Angelos und Karnezis kräftig ziehen mussten.

Kommissar Nikakis wandte sich ab.

„Keine Sorge, Sonnenschein. Die gefräßige Vagina ist tot", sagte Daniel.

„Klappe. Auch als Leiche ist der weibliche Körper verdammt unästhetisch", knurrte Angelos.

„Was ist denn das?", rief Karnezis und fingerte an der Scheide herum.

„Mir wird übel", sagte Angelos.

„Da steckt ein Papierknäuel in der Mumu", stellte Karnezis fest. „Herrgott, ich bekomme es nicht raus!"

Angelos würgte.

„AH. Jetzt hab ich es!"

Karnezis hielt die Pinzette hoch. Daran hing ein Papierknäuel, das sich bei näherer Betrachtung als sorgfältig gefalteter Geldschein entpuppte.

„Origami? Ein Mörder mit Vorliebe für Papierkunst?", fragte Daniel ungläubig.

Angelos entfaltete das Papier.

„Origami wäre übertrieben, aber aufwändig gefaltet!"

„Was ist es?", fragte Daniel.

„Ein 500-Euro-Schein. Was will er uns damit sagen? Julia war keine Prostituierte!"

„Dann schauen wir mal, ob noch mehr Kostbarkeiten im Tresor schlummern", sagte Karnezis und kramte in seinem großen Koffer herum.

„Mir schwant Böses. Schau nicht hin!", sagte Angelos zu Daniel.

Karnezis zog eine Art Staubsauger aus dem Koffer. Das Gerät hatte am hinteren Ende einen durchsichtigen Behälter.

„Ein Dyson für Leichen?", fragte Daniel entsetzt.

„Könnte man sagen. Damit saugen wir Flüssigkeiten aus Körperöffnungen. Wäre sonst eine furchtbare Sauerei", meinte Karnezis vollkommen gelassen.

Als Karnezis das Gerät einschaltete, drehte sich auch Daniel um.

„Nun, keine weiteren Reichtümer", sagte Karnezis enttäuscht. „Gut. Nun zu den äußeren Wunden. Ah! Der Vampirbiss!"

„Post mortem, vermute ich, sonst …", begann Angelos.

„…wäre die Stelle blutunterlaufen. Danke, Herr Kommissar, für Ihre Hilfe", ätzte Karnezis und setzte sogleich einen Längsschnitt, um die Schlagader freizulegen.

„Kein geronnenes Blut", stellte er fest.

„Also doch ein Vampir", sagte Daniel.

„Quatsch. Die Ader ist unverletzt, aber ohne Blut. Machen wir noch ein paar Schnitte!"

Fünf stille Minuten später stellte Karnezis fest, dass der Körper fast kein Blut enthielt.

„Das erklärt die graue Farbe und die eingefallenen Partien", sagte Angelos.

„Wozu komme ich eigentlich noch hierher?", fragte Karnezis gereizt.

„Um schöne Fotos zu machen?", hielt Angelos dagegen.

„Idiot", knurrte Karnezis. „Irgendwie muss euer Vampir das Blut abgelassen haben. Anders ist es nicht zu erklären!"

Plötzlich fielen ein paar Sonnenstrahlen durch das Kellerfenster ein.

Nur Daniel sah, dass ein Strahl reflektiert wurde.

„Da hat was am Bein reflektiert!"

Karnezis lachte.

„Haut reflektiert nicht, tote Haut schon gar nicht!"

Daniel griff nach einem Wattepad und wischte vorsichtig über die Stelle. Er drehte das Pad um und grinste.

Das Pad hatte sich verfärbt.

„Make-up?", fragte Angelos.

„Sieht so aus", sagte Daniel und legte die Stelle vorsichtig frei.

Zum Vorschein kamen ein kleiner Schnitt und ein Bluterguss.

Angelos stöhnte.

„Was ist?", fragte Daniel.

„Bluterguss bedeutet, dass die Kleine noch gelebt hat, als man das Blut ausfließen ließ. Hoffentlich war sie wenigstens betäubt. Karnezis, wir brauchen …"

„Mageninhalt und Blutuntersuchung. In der Schlagader sind noch Reste!"

„Warum hat er den Schnitt an der Innenseite des Oberschenkels angesetzt?", fragte Daniel.

„Weil die Stelle schwer einzusehen ist und durchaus die Chance besteht, dass er schlicht übersehen wird – was in Pathologien durchaus vorkommt", antwortete Angelos mit einem Grinsen.

„Weil wir chronisch unterbesetzt sind, wie Sie sehr wohl wissen", gab Karnezis zurück.

„Weiß ich doch. Wie ist es Ihrer Meinung nach abgelaufen?", fragte Angelos.

„Er könnte die Schlagader zum Schnitt hin gezogen und dann durchtrennt haben. Wird trotzdem eine Riesensauerei gewesen sein!"

„Hat die Kleine gelitten, wenn sie bei Bewusstsein war?", fragte Daniel.

„Abgesehen von der panischen Angst – nein. Starker Blutverlust führt zu sofortiger Körper-schwäche, kurz danach bleibt das Herz stehen. Exitus."

„Also: der Täter war – Überraschung – kein Vampir, sondern ein Chirurg, mindestens ein Arzt", stellte Daniel fest.

„Mit Make-up der Marke Glitzereffekt", ergänzte Karnezis.

„Was für ein Motiv könnte ein Arzt haben, eine 14-Jährige ausbluten zu lassen?", fragte Daniel.

„Geld. Er wäre zwar der Täter, nicht aber der Auftraggeber", sagte Angelos. „Eine Beziehungstat ist es nicht. Bei einer 14-jährigen ohnehin unwahr-scheinlich. Und dann der Aufwand! Vermutlich wollte man den Vater treffen!"

„Was funktioniert hat. Aber warum?", fragte Daniel.

„Er war Russe", sagte Angelos lapidar und zuckte mit den Schultern.

„Ich bin ja froh, dass mein Sonnenschein kein Rassist ist", antwortete Daniel. „Juden haben eine Hakennase, sind stinkreich und haben einen beschnittenen und kleinen Penis. Was davon trifft auf mich zu?"

Angelos grinste und nahm Daniel zärtlich in den Schwitzkasten.

„Nun, dein Näschen hat einen leichten Drall nach unten und du bist beschnitten! Du siehst: hinter jedem Vorurteil steckt ein wahrer Kern!"

„Aha. So wie bei ‚Griechen sind faul?'"

„So wie bei ‚Freche Israelis müssen immer das letzte Wort haben'. Und jetzt raus hier!"

15

Bitte sorge dafür, dass ich nie von Karnezis obduziert werde. Ich möchte nicht mit diesem Staubsauger traktiert werden", sagte Daniel, als sie wieder im Auto saßen.

Angelos grinste.

„Keine Sorge. Bis dahin habe ich deinen Hintern so zerstört, dass der Staubsauger einfach reinfällt und es ‚plumps' macht!"

Daniel kicherte. Das Kichern, das Angelos so liebte.

Zuhause in Ornos, angekommen, öffnete Kommissar Nikakis die Türe und blieb wie angewurzelt stehen.

„WAS IST DENN HIER PASSIERT?"

„Ah. Hab ich vergessen, dir zu sagen. Nikos hat diese schrecklichen Diwans abgeholt und uns stattdessen ein Sunbed hingestellt", sagte Daniel.

Angelos zog ihn am Ohr.

„Kann es sein, dass du mitunter vergisst, mich einzuweihen?"

„Aua. Hör mal. Auf einer Couch kann man nicht zu zweit liegen. Auf dem Sunbed geht alles. Getrennt liegen, zusammen …"

„Und man muss zum Vögeln nicht nach oben. Na gut. Dann probieren wir es gleich aus", sagte Angelos.

„Jetzt? Wir kommen gerade von einer Obduktion!"

„Ja und? Beim Sex fallen mir die besten Dinge ein!" Daniel lachte.

„Ich lach mich tot. Beim Sex schaltet sich dein Gehirn ab. Du hast schlicht nicht genügend Blut für Penis und Hirn gleichzeitig!"

16

Spiros Minteros lag wie gelähmt in seinem Bett. Seit Stunden hatte er sich nicht bewegt.

„Spiros! Komm sofort runter. Du musst mit deiner Schwester zum Drachensteigen!"

Oh je, dachte Spiros. Stimmt. Heute ist Kefteri Defteri und ich muss mit Irini auf den Berg. Tue ich es nicht, gibt es ein Riesengeschrei.

Spiros versuchte aufzustehen, aber sein Körper reagierte nicht.

Es war am Tag davor, als Eleni, die Tochter des Nachbarn mit geröteten Wangen auf ihn zu gerannt kam. Sie hatte zu Stottern begonnen, was immer passierte, wenn der Klatsch und Tratsch das übliche Maß überschritten.

„H-hast d-du schon gehört?"

Eleni holte tief Luft.

„Ein Mädchen ist entführt worden. Eine Russin. Und jetzt ist sie tot!"

Spiros bekam eine Gänsehaut.

Nein, beruhige dich: es gibt Dutzende von russischen Mädchen.

„Ich kenne ihren Namen nicht. Aber sie wohnt in dem hässlichen Haus oberhalb von Ornos!"

Spiros spürte einen Stich im Herzen. Ohne ein Wort lief er zurück zum Haus, die Treppe hoch und ließ sich in sein Bett fallen.

Julia. Meine Julia. Und ich bin schuld.

Vier Monate zuvor hatte er sie das erste Mal gesehen. Er war mit seinen Freunden auf dem Parkplatz des „Scorpio´s" am Herumlungern. In den Club wären sie ohnehin nicht reingekommen. Zu jung und einheimisch dazu.

Dann fuhren drei Phaetons vor, eine ganze Entourage stieg aus und dann sah Spiros sie: ein bildschönes Mädchen in seinem Alter. Kurz schaute sie in Spiros´ Augen. Da war es um ihn geschehen. Drei Stunden hatte er auf dem Parkplatz gewartet, bis sie wieder herauskam. Sie lief in seine Richtung und ließ

einen Zettel fallen, als ihr Vater ihr befahl, stehenzu-
bleiben.

Zwei Tage später hatten Julia und Spiros sich das
erste Mal richtig getroffen. Es war Liebe auf den
ersten Blick. Es schien Julia nichts auszumachen, dass
er aus bescheidenen Verhältnissen stammte. Schnell
begriff Spiros, dass Julia in einer anderen Liga spielte,
aber da war es schon zu spät.

Seitdem trafen sie sich öfters. Das Überlisten der
Leibwächter wurde eine Art Spiel, das Julia perfekt
beherrschte,

Dann, an einem lauen Novemberabend, hatten sie
das erste Mal miteinander geschlafen. Am
Leuchtturm von Arministis.

Spiros war nicht mehr zurechnungsfähig. Er glaubte
tatsächlich daran, dass diese Liebelei eine Zukunft
haben könnte. Dass Julias Vater ihn womöglich bei
lebendigem Leib würde häuten lassen, erführe er,
wer seiner Tochter das Jungfernhäutchen zerrissen
hatte: geschenkt. Für Julia würde er sogar sterben.

Dann kam der letzte Donnerstag. Wieder war Julia
den Bodyguards entwischt. Spiros wartete mit seinem
Quad am Alten Hafen.

Dann sah er sie. Julia winkte. Die Schönheit des
lächelnden Gesichts ließ sein Herz schneller
schlagen.

Doch plötzlich war sie weg.

Spiros konnte es nicht fassen. Wohin war sie
verschwunden? Eben war sie doch noch da. Er
rannte um das alte Abfertigungsgebäude herum, lief
die Parkreihen ab. Nichts.

Dann fiel ihm eine plausible Erklärung ein: die Leibwächter hatten sie eingeholt und mitgenommen. Warum musste ich auch gerade in diesem Moment anfangen zu träumen?

Frustriert war es nach Hause gefahren und wartete auf irgendeine Nachricht, doch es kam nichts. Wahrscheinlich hat ihr Vater ihr das Handy abgenommen, vermutete Spiros.

Doch irgendetwas stimmte nicht. Spiros fühlte es. Julia war tot. Eine Russin, die in einer hässlichen Villa oberhalb von Ornos wohnt. Das konnte nur sie sein. Langsam dämmerte ihm, dass Julias Verschwinden an jenem Abend der Moment der Entführung war. Spiros schluchzte.

Hätte ich nur den Kommissar angerufen …

Aber dann hätten Julias Vater und seine eigene Familie die Wahrheit erfahren.

„SPIROS! Deine Schwester wartet! Los jetzt!"

Wie in Trance stand er auf und ging die Treppe hinunter. Unten stand seine Schwester mit leuchtenden Augen. Ohne ein Wort zu verlieren, nahm er sie bei der Hand und ging mit ihr auf den Hügel hinter dem Haus.

Was mache ich jetzt?

Soll ich Kommissar Nikakis anrufen?

Er hat mir schon einmal geholfen.

Drei Monate zuvor fuhr Spiros mit seinem Quad durch Paraga, als ihm mehrere ATVs den Weg abschnitten und zum Anhalten zwangen.

Es war Vasilios Fotsis, Sohn einer reichen Hoteliersfamilie – und Spiros´ Feind. Spiros hasste Fotsis, weil der und seine Speichellecker sich bei jeder Gelegenheit lustig darüber machten, dass er kein Geld hatte und nur Billigklamotten trug.

Spiros wusste, dass er jetzt eine Abreibung bekommen würde. Schlimmer: sie würden sein Quad in die Schlucht werfen.

Vasilios hatte ihm bereits einen Schlag verpasst, als plötzlich ein schwarzer SUV mit quietschenden Reifen anhielt. Es war Kommissar Nikakis.

Er packte Vasilios grob am Ohr, mit der linken Hand ergriff er Vasilios´ rechten Arm und riss ihn nach oben. Vasilios schrie wie am Spieß wegen seiner ausgekugelten Schulter. Der Rest seiner Gang ergriff die Flucht. Zu Spiros sagte Angelos nur: „Alles klar, Kleiner?"

Spiros war wie gelähmt, brachte aber immerhin ein Nicken zustande. Dann war Angelos weg.

Das Ganze hatte keine 30 Sekunden gedauert.

Im Nachhinein musste Spiros grinsen, denn der Kommissar hatte eindeutig eine Erektion. Ihm fiel auch ein, warum. Nikakis hatte seinen Freund oder Ehemann vom „Scorpio´s" abgeholt.

„Wo bleibst du denn? Die anderen fliegen schon!", rief Spiros´ Schwester verärgert.

Mühsam ging er die letzten Schritte hoch.

Wer bringt ein junges, schönes Mädchen um?

Unbändiger Zorn machte sich in seinem Inneren breit. Ich werde …

Ich werde nichts tun, denn ich bin ein 17-jähriger Niemand. Außerdem wäre meine Familie in Gefahr.

Nur ein Gedanke half ihm: Kommissar Nikakis würde die Täter finden.

Das traditionelle Drachensteigen am Rosenmontag erlebte er nur durch einen Nebel.
Auch das frühlingshafte Wetter registrierte er nicht.
Vom tiefsten Winter auf über 20 Grad in nur fünf Tagen.
„Was ist mit dir? Du verdirbst mir den ganzen Spaß! Jetzt gehen wir uns umziehen", sagte Spiros´ Schwester.
Spiros stöhnte auf.
Bisher war der Rosenmontag an der Promenade immer ein Highlight des Jahres. Gott sei Dank trage ich eine Maske.
Niemand wird mein trauriges Gesicht sehen.
„Mama hat mir ein Bienenkostüm genäht. Und als was gehst du?", fragte Irini.
„Als Vampir", antwortete Spiros.

17

Während Angelos und Daniel das Sunbed im Wohnzimmer einweihten, hatte Andrei Stepanow die Phase der schockartigen Trauer überwunden. Wut und Zorn hatten das Regiment übernommen.

Er hatte sein Arbeitszimmer zertrümmert. Danach fühlte er sich besser und wusste, was zu tun war. Er rief in Moskau an.

Es war ein kurzes, aber deutliches Gespräch.

Zwei Stunden danach meldete sich Moskau erneut.

„Jagudin", meldete sich die Stimme.

„Nikita?", fragte Stepanow erstaunt.

„Ja. Lange her, nicht wahr?"

In einem anderen Leben, dachte Andrei.

Er und Jagudin hatten sich im Ausbildungszentrum des KGB kennengelernt.

Während Stepanow die westliche Wirtschaft studierte und darin brillierte, wurde Jagudin zum typischen Schreibtischhengst.

Während der Jelzin-Zeit brach alles zusammen. Jagudin blieb – trotz ausbleibendem Gehalt – an seinem Schreibtisch, Stepanow hingegen nutzte seine Kenntnisse, um sich Filetstücke der russischen Industrie unter den Nagel zu reißen.

Jagudin hatte nicht genug, um zu überleben, aber zu viel, um zu sterben.

„Wer hätte das gedacht, Alexei. Ja, wir haben überlebt – und sind jetzt stärker denn je", sagte Jagudin stolz.

„Russland ist stärker geworden und damit wir alle. Jeder auf seinem Platz", antwortete Jagudin. „Ich wollte deinen Patriotismus nicht infrage stellen. Ich weiß, dass deine Firma dem SWR gehört. Wir sind quasi Kollegen!"

„Das waren wir immer. Ich sorge dafür, dass der SWR die nötigen Finanzmittel hat, um Russland zu beschützen! Was für einen Rang bekleidest du jetzt?"

„Nun, hier im Büro bin ich Oberstleutnant, aber ich arbeite normalerweise im Außendienst!"

Aha, dachte Stepanow.

Spion oder Killer. Oder beides. Hätte ich ihm gar nicht zugetraut.

„Nun, zunächst mein Beileid, Andrei. Der Zirkusdirektor hat mich gebeten, deinen Fall zu übernehmen!"

„Ich glaube nicht, dass der Präsident diese Bezeichnung schätzt", sagte Andrei.

Jagudin lachte.

„Oh. Da täuschst du dich. Er hat herzhaft gelacht!"

Ein klarer Hinweis, dass Jagudin das Vertrauen höchster Stellen genoss.

„Ihr übernehmt also die Ermittlungen", sagte Andrei erleichtert.

„Im Verborgenen, aber deswegen nicht weniger effektiv. Herr Nikakis wird davon wenig mitbekommen, wenn alles klappt!"

„Was ist dein genauer Auftrag?"

„Den Täter finden und neutralisieren", sagte Jagudin.

„Nein. Ich werde den Täter ins Jenseits befördern. Vorher badet er in einem Meer aus Schmerzen!"

„Nein. Die Anweisungen sind klar und ich rate dir, dich daran zu halten. Das Schwein verschwindet geräuschlos. Moskau kann kein weiteres Aufsehen riskieren. Zu viele Tote", meinte Jagudin.

Salisbury, London, Berlin … Die Liste wird immer länger.

„Dem Polizei-Computer entnehme ich, dass Nikakis die Leiche morgen früh freigibt. Bitte sag nicht, dass du es schon weißt, wenn er dich morgen anruft. Die

Firewalls der griechischen Polizei sind aus den Neunzigern!"

„Vorsicht. Dieser Nikakis hat es geschafft, mein eigenes System zu hacken und lahmzulegen", knurrte Stepanow.

„Das war nicht Nikakis. Das waren die Israelis. Die Einheit 8200 des Mossad in Beerscheba", sagte Jagudin.

„Nikakis ist ein israelischer Spion??"

„Quatsch. Er ist befreundet mit dem Leiter der Operationsabteilung des Mossad. Vor zwei Jahren wollten die Israelis einen Verräter aus unseren Reihen übernehmen, mit der Hilfe von Herrn Nikakis. Auf Mykonos. Die Sache verlief nicht nach Plan und endete blutig. Das schweißt zusammen. Ich muss daher einkalkulieren, dass Nikakis Möglichkeiten hat, die die eines normalen Kommissars übersteigen", erklärte Jagudin.

„Vielleicht sollte man die Gelegenheit nutzen, um auch Nikakis zu entsorgen, samt seinem schwanz-lutschenden Israeli!", schnaubte Stepanow.

„Hör mir genau zu: dazu wird es nicht kommen, sonst landest du in der Manege. Wir riskieren keinen Krieg der Geheimdienste, schon gar nicht mit dem Mossad. Unsere Feinde sitzen woanders. In Kiew, in Washington und in London. Habe ich mich klar genug ausgedrückt?"

18

Nach der Einweihung lagen die Herren Nikakis erschöpft auf ihrem Sunbed.

„Ich bin zu faul, hochzugehen", sagte Daniel.

„Und so legt man Schlaf- und Wohnzimmer zusammen", meinte Angelos.

Dann vibrierte Angelos´ Handy.

„Ich kann nicht aufstehen", jammerte Angelos.

„Ich geh schon", sagte Daniel. „Ah. ,1 Anruf Vollpfosten'. Der Herr Premierminister!"

„Ich bin nicht da!"

„Bis vor fünf Minuten warst du noch mehr als da. Jetzt nimm schon", sagte Daniel und schmiss Angelos das Handy auf den Brustkorb.

„Was willst du Nervensäge?"

„Ich wünsche dir auch einen schönen Abend. Ich wollte dich nur vorwarnen!"

„Vor was? Kommt eine Springflut?"

„Das trifft es ziemlich gut. Der Kreml hat angerufen", sagte Premierminister Migiakis.

„Was wollte der notorische Lügner?"

„Deine Telefonnummer. Als wäre ich die Auskunft", regte sich Migiakis auf. „Außerdem dürfte er die Nummer längst haben!"

„Zur Sache, Antonis!"

„Er meinte, es wäre besser, wenn sich Polizisten direkt austauschen. Dabei war er nie Polizist, sondern Geheimdienstler!"

„Eine Art Kollege? Darf ich ihn dann mit Herr Polizeibeamter ansprechen?", fragte Angelos vergnügt.

„TU DAS NICHT. Derjenige, der es ausbaden muss, bin ich. Dann wollte er, dass wir einen russischen Ermittler an den Untersuchungen beteiligen!"

„Der wäre garantiert vom SWR. Ich hoffe, du hast ihm erklärt, dass Griechenland noch immer ein souveräner Staat ist. Mykonos erst recht!"

Migiakis lachte.

„Das Königreich Mykonos unter der Herrschaft von Angelos, dem Ersten", spöttelte Migiakis.

„Die Republik Mykonos. Hier herrscht das Volk – sofern es meiner Meinung ist", entgegnete Angelos und lachte.

„Das Lachen wird dir noch vergehen, wenn er anruft. Mir ist jetzt noch kalt", sagte Migiakis.

„Wie lautet die korrekte Anrede?", fragte Angelos.

„Exzellenz. So wie bei mir auch", antwortete Migiakis.

„Deine Anrede ist Vollpfosten, aber das scheint mir etwas zu persönlich!"

„Dann könnte es sein, dass einer deiner nächsten Espressos einen Schuss Polonium enthält!"

„Espressi, du mazedonischer Barbar!"

„Also: sei höflich und respektvoll. Aber was red ich da?", sagte Migiakis und beendete das Gespräch.

„Der Zar persönlich ruft hier an?", fragte Daniel aufgeregt.

„Entspann dich. Das hat Erdogan auch schon", sagte Angelos.

„Ah. Er ist also der ,anatolische Ziegentreiber' unter ,Kontakte'!"

„Könnte sein. Staatsgeheimnis. Da wir jetzt wieder wach sind …"

„Schon wieder?? Wie kriegt man das Ding denn in den Ruhestands-Modus?"

„Mit sehr viel Zuwendung, Süßer", sagte Angelos und grinste.

19

Daniel Nikakis war nicht undankbar für den Anruf um 3 Uhr 20.

„Hätte nie gedacht, dass ich mich über einen Anruf des Kremls freue", sagte er.

„Ich brauche einen Codenamen für ihn", meinte Angelos.

„'Massenmörder'?", schlug Daniel vor, aber Angelos hatte das Gespräch schon angenommen.

„Guten Morgen, Herr Nikakis. Sie wissen, wer am Apparat ist. Ihrer Akte nach sprechen Sie Deutsch, nicht wahr?"

„Wenn Sie langsam sprechen: ja!"

„Nun, es geht um die kleine Julia. Dazu müsste ich Ihnen einiges erklären. Ich habe 79 Patenkinder. Jeder in meiner engeren Umgebung bittet mich darum, die Patenschaft für seine Kinder zu übernehmen!"

„Weil man sich einen Vorteil verspricht", sagte Angelos.

„Natürlich. Menschen sind sehr berechenbar. Nun, ich hörte, dass Sie vermuten, die Tat könnte etwas mit den Geschäftsbeziehungen von Andrei zu tun haben. Im Klartext: der Mörder könnte aus meiner Entourage stammen", sagte die leise, kalte Stimme.

„Der Auftraggeber", widersprach Angelos.

„Diesen Unterschied kennt man in Russland nicht! Jedenfalls wollte ich Ihnen sagen, dass ich vollstes Vertrauen in Sie habe. Ihre Akte spricht ja Bände!"

„Wie komme ich zu der Ehre, dass der SWR eine Akte über mich hat?"

Die Stimme lachte.

„Nun, der SWR meinte, Sie seien ein israelischer Agent! Aber was sollte ein Agent auf Mykonos tun?"

„Eben", sagte Angelos.

„Außer vielleicht die Radarstation zu inspizieren", meinte die Stimme aus dem Kreml.

„Erstens kennen Sie wahrscheinlich selbst den Dienstplan von heute Abend. Zweitens ist das Ding so marode, dass die Schüssel bald herunterstützt!"

Aus dem Hörer drang Gelächter.

Aber Migiakis hatte recht. Es kroch eine seltsame Kälte durch das Handy – und das lag nicht an den Temperaturen in Moskau.

„Wie gesagt: ich hoffe, Ihre Ermittlungen führen zum Erfolg. Ich wäre Ihnen sehr verbunden, wenn Sie mich informieren könnten. Auf Geheimdienste kann man sich nur bedingt verlassen. Sie sehen oft nicht das Offensichtliche. Auf Wiederhören!"

„Na siehst du: er schickt keinen eigenen Vermittler", sagte Daniel.

„Er schickt *auf jeden Fall* jemanden vom SWR",
entgegnete Angelos.

„Aber er hat doch gesagt ..."

„Er ist KGBler. Was ist das Motto jedes Geheimdienstes?"

„Spionieren?"

„Nein. Täuschen" sagte Angelos.

„Bedeutet was?", fragte Daniel.

„Man ist schon unterwegs. Der Anruf um die Zeit soll
uns ablenken!"

„Also informieren wir die Flughäfen, dass alle Flüge
aus Moskau kontrolliert werden!"

„Nein. Geheimdienstler fliegen nie direkt. Alle Flüge
aus Osteuropa ohne Moskau plus Istanbul. Hoffentlich haben wir genügend Profile in der Gesichtserkennung", sagte Angelos.

„Die Software ist doch von uns", sagte Daniel.

„Von uns? Bist du jetzt doch noch Israeli oder heißt
du etwa nicht Nikakis?"

„Du weißt, was ich meine!"

„Ja, die Gesichtserkennung ist in fast ganz Europa
eine israelische Software. Du meinst, ich soll Yossi
anrufen, und speziell nach SWR-Leuten oder
Neuzugängen fragen?"

„Genau das. Und danach heißt es warten. Dabei
hätten wir anderes zu tun", sagte Daniel.

Angelos seufzte.

„Natürlich. Wir müssten die Kamerabilder auswerten.
Wo ist Julia hin, als sie den Dessousladen verlassen
hat? Mit wem hat sie sich getroffen?"

„Die Videos werden nicht viel bringen. Es war
abends", sagte Daniel.

„Süßer, da irrst du dich. Die Kameras sind aus Israel", antwortete Angelos und grinste.

20

Dank Herrn Jagudin war die Nacht für Angelos und Daniel bereits um 9 Uhr 15 vorbei, als das Handy vibrierte.

„Grenzpolizei Thessaloniki. Herr Hauptkommissar, wir haben einen Treffer. Die betreffende Person reist unter dem Namen Christopher Clarke, britischer Pass. Der Computer zeigt aber keine Fälschung an", sagte die weibliche Stimme.

„Muss sie auch nicht zwangsläufig sein, wenn man Blankopässe gestohlen hat. Was für eine Quote zeigt es an?"

„98 Prozent, Herr Hauptkommissar! Was sollen wir tun? Ich habe mir den Boarding-Pass für den Anschlussflug zeigen lassen. Aegean um 12 Uhr 20 nach Mykonos. Wir könnten ihn am Gate festnehmen lassen!"

„Nein. Lassen Sie ihn an Bord gehen. Wir greifen uns ihn hier. Wo kam er eigentlich her?", fragte Angelos.

„Aus Bukarest!"

Wusst´ ich´s doch.

„Das haben Sie sehr gut gemacht. Ich bedanke mich bei Ihrem Vorgesetzten, Frau …?"

„Stefanidis, Herr Hauptkommissar. Stets zu Diensten!"

Die Flugzeit von Saloniki nach Mykonos betrug nur 43 Minuten. Nikita Jagudin alias Christopher Clarke nutzte jede Minute. Während er am Gate in Saloniki auf den Flug gewartet hatte. schickte ihm sein Büro den Obduktionsbericht, den Karnezis erst zehn Minuten vorher abgespeichert hatte. Auch den Zugang zum Kamerasystem auf Mykonos hatten sie schon vorbereitet.

164 Kameras, israelisches Fabrikat.

Mehr Kameras pro Quadratkilometer als im Stadtzentrum Moskaus, dachte Jagudin.

„Cabin crew. Prepare for landing", sagte der Pilot.

Jagudin blickte aus dem Fenster. Es schien die Sonne und es war deutlich wärmer geworden, was Jagudin nicht zusagte.

Er liebte den russischen Winter.

Zu Fuß legte er die 100 Meter zum Terminal zurück und war erstaunt, dass die Flughafenpolizei die Fluggäste zur Passkontrolle schickte. Bei einem domestic flight?

Doch Jagudin beruhigte sich schnell.

Corona. Der Impfpass.

Als Jagudin an der Reihe war, hörte er eine Stimme hinter sich sagen: „Dobry den, Herr Jagudin!"

Er drehte sich um und sah in ein Gesicht, das er kannte.

Es war Angelos Nikakis.

„Ich weiß nicht, was das soll. Mein Name ist …"

„Christopher Clarke. Natürlich", sagte Angelos und blätterte in dem Pass.

„Der SWR ist doch sonst so professionell. Einreise-stempel Ende April 2020 in Spanien? Ich vermute mal, damals herrschte ein Einreiseverbot wegen Corona!"

„Es gab zu jeder Zeit Ausnahmen für Geschäftsleute. Meine Papiere sind in Ordnung. Lassen Sie mich daher einreisen, oder ich kontaktiere meine Botschaft", blaffte Jagudin.

Angelos grinste.

„Ich verweigere Ihnen die Einreise nicht aufgrund des Passes, sondern wegen des fehlenden Impfnach-weises!"

„Aber er liegt doch da", sagte Jagudin und zeigte auf das gelbe Heftchen.

Angelos nahm es – und ließ es in den Papierkorb fallen.

„Und hier ist Ihr Boarding Pass für den Rückflug. Sie können schon an Bord. Und versuchen Sie nicht, in Athen einzureisen. Ihr Pass ist gesperrt. Also geht es zurück nach Bukarest. Doswidanja!"

Jagudin lief knallrot an.

Moskau würde nicht begeistert sein.

„Das werden Sie noch bereuen!"

„Kann sein. Und sagen Sie Ihrem Freund Vladi, dass ich eine neue Handynummer habe. Geheim", sagte Angelos.

Daniel stand im Türrahmen der Grenzpolizei und prustete los.

„Böser Junge", sagte er. „Wir sollten nur aufpassen, dass wir die nächsten Tage kein Geschenkpaket mit ‚Espresso Polonium' bekommen. Aber den sind wir erstmal los!"

„Nein. Er bekommt in Bukarest neue Papiere und fährt mit dem Auto über Bulgarien nach Saloniki. Dann nimmt er die Fähre. Aber wir gewinnen 24 Stunden. Außerdem wird Herr Jagudin sehr müde sein, wenn er bei uns ankommt!"

21

Die Leitzentrale der Polizei Mykonos war praktischerweise in der Küche von Hauptkommissar Nikakis untergebracht.

Ein entsprechender Antrag von Kommissar Nikakis wurde von Bürgermeister Nikakis umgehend genehmigt.

Und so saßen Angelos und Daniel an dem Multiboard, um die Kameraaufnahmen vom Tatabend zu überprüfen.

„Also: Julia ist in den Laden und hat nach dem Hinterausgang gefragt, weil sie das Gefühl habe, sie werde verfolgt. Die Ladeninhaberin hat ihr den Ausgang gezeigt und durch das Fenster gesehen, dass sie nach links ging. Maria kennt die Inhaberin und meint, die habe nichts mit der Sache zu tun", sagte Angelos. „Nun denn!"

Auf dem großen Bildschirm waren die Kameras auf einer Karte mit roten Punkten markiert.

„Das sind mehr Kameras als auf dem Tempelberg", meinte Daniel.

„Als ich nach Mykonos kam, gab es gerade mal zehn Kameras und die Aufnahmen landeten auf VHS-Kassetten", sagte Angelos. „Wir haben ein wenig aufgerüstet!"

„Ein wenig? Das ist ungefähr so, als würde man eine Wasserpistole durch einen Panzer ersetzen", meinte Daniel und grinste.

„Zur Sache. Fangen wir mit der ‚12' an. Matogianni Richtung Mavrogenous-Platz, ab 20 Uhr 10!"

Da war sie. Zum ersten Mal sahen Angelos und Daniel die lebendige Julia. Sie verließ den Laden und ging unauffällig hinunter zum Platz und verschwand in der gegenüberliegenden Gasse.

„Sie läuft zum Alten Hafen", sagte Daniel.

Die Kameras vor dem „Leto´s" und dem „Kavos" bestätigten die Vermutung. Die Kamera am alten Hafenterminal zeigte, wie Julia ohne Eile auf den Hafen zulief.

Doch dann geschah etwas Unerwartetes.

„Sie winkt jemand! Und lächelt", sagte Daniel.

„Umschalten auf die ‚16'. Schauen wir mal, wem sie da winkt", meinte Angelos.

„Was ist denn das?", fragte Daniel.

Beide blickten auf einen dunklen Schirm.

„Die Gegenseite war schneller. Spul´ bitte eine halbe Stunde zurück und vor, Süßer!"

Nichts.

Die Übertragung brach 15 Minuten vor Julias Winken ab und endete exakt 15 Minuten danach.

„Also kein technischer Defekt", stellte Daniel richtigerweise fest.

„Nein. Eher ein kleiner Gruß", knurrte Angelos.

„Aber wenn Julia jemandem gewunken hat, bedeutet das doch, dass sie nicht entführt wurde. Da war jemand, den sie kannte und mochte – sonst hätte sie nicht gelächelt. Damit wäre deine Theorie hinfällig, dass der Mord eine Rachetat eines anderen Oligarchen war. Entführern winkt man in der Regel nicht", sagte Daniel.

„Da hast du recht, nur: wenn der Vorgang harmlos war und Julia einem Bekannten winkte – warum schneidet man einen Teil davon heraus? Abgesehen davon, dass das zeitliche Loch so groß ist …"

„…dass die Entführung auch später hätte erfolgen können", ergänzte Daniel.

„Kluger Junge. Die Kameras an der Einfahrt sind sicher auch manipuliert worden!"

„Und was machen wir jetzt?", fragte Daniel.

„Na was wohl? Wir hängen uns an Herrn Jagudin dran. Er weiß mehr als wir. Aber er weiß nicht, dass wir immer dabei sind. Wo hast du den Sender angebracht?"

„Unten am Koffer, hinter den Rollen. Sieht man nicht und der Koffer rollt einwandfrei. Hab´s getestet", sagte Daniel. „Ich hatte auch genügend Zeit, während du den Pass kontrolliert hast!"

„Und wo ist unser Mann gerade?"

Daniel tippte auf dem Multiboard herum.

„Er ist schon in Bukarest, in der … Kiseleff-Straße, was immer da auch ist!"

„Ich tippe auf die russische Botschaft", meinte Angelos.

„Treffer", antwortete Daniel. „Aber das bedeutet, dass wir nur reagieren, anstatt zu agieren."

„Was haben wir für eine Wahl? Wir haben die Kameraaufnahmen aus der Tatnacht nicht. Und wir müssten mehr über Julias Vater und dessen Geschäfte wissen. Dazu bräuchten wir Informationen der Kollegen aus Moskau. Der letzte Satz klingt schon absurd", entgegnete Angelos. „Wir belauern Jagudin und müssen versuchen, ihn an der richtigen Stelle zu überholen", entgegnete Angelos.
„Bevor er den Täter findet", sagte Daniel.

22

Angelos und Daniel taten das, was alle Ermittler die meiste Zeit tun: warten, warten und warten.
Die beiden lagen auf dem Sunbed auf der Terrasse, denn der Wettergott hatte den Frühling übersprungen und beschlossen, dass es jetzt Sommer sei.
Es war kurz nach 17 Uhr als Daniel hochschreckte.
„Oh verflucht!"
„Was ist denn?", fragte Kommissar Angelos Nikakis schläfrig.
„Twitter. Ein Trend. Hashtag vampirmykonos, 1.400 Tweets!"
Angelos lief knallrot an.
„KARNEZIS, dieses Arschloch!"

„Aber was hat er denn davon?"

„Kann ich dir sagen: geht der Vampir durch die Medien, kann er seinen Schädel in eine Kamera halten. Er hat das Vampiropfer obduziert!"

„Er hat überhaupt nichts gemacht, außer Dinge zu übersehen", sagte Daniel.

„Wir beide wissen das. Hilft nur nichts. Aber das kriegt er zurück. Was schreibt der Twitter-Pöbel?", fragte Angelos.

„Die letzten monieren, dass die Polizei auf Mykonos noch kein Statement abgegeben hat. Und die typische Frage: was versucht man zu vertuschen?"

„Dass wir nichts in der Hand haben", knurrte Angelos. „Pressekonferenz?"

„Warum nennt man das eigentlich noch Pressekonferenz? Es gibt fast keine Presse mehr. Man sollte meinen, dass irgendjemand ein besseres Wort einfällt", schimpfte Angelos.

„Zum Thema, bitte!"

„Schon gut. Schreib einen Tweet, indem wir nichts bestätigen, außer einem Mord. Näheres morgen!"

„Wo ist Jagudin jetzt?", fragte Angelos.

„Auf der A 16 südlich von Constanza. Er hat noch zwei Grenzen vor sich", antwortete Daniel.

„Nein. Beide gibt es nicht mehr. Und selbst wenn: bei Autofahrern funktioniert die Gesichtserkennung nicht gut! Aber er braucht … warte … mindestens sechs Stunden bis Saloniki. Er erreicht die Morgenfähre, die um 10.30 Uhr bei uns ankommt. Ich muss also das Statement deutlich früher abgeben!"

Angelos fluchte.

„Müssen wir ihn am Hafen abfangen? Durch den Sender wissen wir doch jederzeit, wo er ist", meinte Daniel.

„Wir wissen, wo sein Koffer ist. Sobald er in seinem Hotel ist, war's das. Wenn wir an ihm dranbleiben wollen, müssen wir einen Sender an seinem Wagen anbringen. Das bedeutet …"

„…wir müssen ihm zur Unterkunft folgen, darauf hoffend, dass wir unbemerkt uns seinem Wagen nähern können. Sorry, die Frage war wirklich blöd", meinte Daniel und lächelte verlegen.

„War sie nicht. Außerdem hast du bei mir mindestens hundert blöde Fragen frei!"

23

Es war 8 Uhr 30, als Angelos hochschreckte. „Verflucht", dachte er und rannte die Treppe hinunter.

Daniel stand angezogen und gut gelaunt am Herd. „Na, Sonnenschein, fit?"

„Warum hast du mich nicht geweckt? In einer Stunde ist die Pressekonferenz. Das schaffe ich niemals …"

„Ganz locker. Du gibst ein Statement per Video-schalte ab. Ich hab im Wohnzimmer schon alles aufgebaut und getestet. Du brauchst dich nur hinsetzen und bei unangenehmen Fragen zwei Sätze zu sagen. Satz 1: ‚Ich glaube, Sie müssen erst Ihr Mikro einschalten.' Satz 2: ‚Ich höre Sie nur schlecht. Die Verbindung wackelt. Gehen wir derweil zur nächsten Frage!' Da es noch früh am Morgen ist, hab ich dir die Sätze noch einmal aufgeschrieben. Die Regie übernehme ich. Du musst dich lediglich anziehen!"

„Es reicht doch ein T-Shirt. Man sieht ja nur …"

„Vergiss es. Ich möchte nicht, dass du durch eine Erektion Kabel rausziehst", sagte Daniel. „Und jetzt setz dich. Kaffee und Rührei!"

„Jawoll, Chef. Danke. Wie habe ich nur bisher ohne dich überlebt?"

„Vorsicht. Noch ist die heiße Pfanne in Reichweite", sagte Daniel.

„Jedes Wort war ernst gemeint", antwortete Angelos und umarmte Daniel.

„Bitte fahr ihn wieder ein. Du gehst gleich auf Sendung!"

Eine Stunde später fuhren Angelos und Daniel in Richtung Hafen. Jagudin würde in Kürze eintreffen.

„Die Fähre kommt sogar etwas früher. Dieses Land überrascht mich immer wieder", sagte Daniel.

„Es funktioniert immer das, was man im Moment nicht braucht", antwortete Angelos. „Wir müssen das Auto anhand des Senders identifizieren!"

„Der Hafenmeister steht am Pier und lässt die Fahrzeuge nur einzeln aus der Fähre fahren. Dadurch tun wir uns leichter!"

Sie standen nun mit ihrem Fahrzeug oberhalb des Hafens, am Rande der Straße nach Agios Stefanos. „Ich denke nicht, dass Stepanow von Jagudins Ankunft weiß. Ich hoffe, er fährt direkt in sein Hotel, damit wir den Sender am Wagen anbringen können", erklärte Angelos.

Zehn Minuten später fuhr Jagudin mit einem unauffälligen, mausgrauen Peugeot aus dem Hafengelände hinaus und bog dann links ab.

24

Nikita Jagudin war froh, als er die Tür seines Hotelzimmers hinter sich zuschlug. Spartanisch, dachte er. Zumindest würde er keinen Ärger mit der Spesenabteilung bekommen.

Sein Büro hatte tatsächlich Probleme, ein Hotel zu finden. Viele hatten nach der Karnevalswoche wieder geschlossen, nur einige blieben wegen des Frühlingswetters geöffnet. So auch das „Anatolia". Komischer Name für ein griechisches Hotel, aber es hatte mehrere Vorteile: direkter Zugang zum Zimmer, also keine neugierigen Blicke von der Reception, zahlreiche Parkplätze, und: Ano Mera lag inmitten der Insel.

Jagudin spürte die Erschöpfung. Zum wiederholten Male schwoll ihm der Kamm, wenn er an diesen

Nikakis dachte, der ihm diesen 25-Stunden-Umweg eingebrockt hatte.

Essen, ich muss etwas essen.

Jagudin verließ sein Zimmer und lief die 200 Meter hoch zum Marktplatz, wo es einige Restaurants gab. Die eine Stunde Abwesenheit gab Angelos die Gelegenheit, einen Sender im Radkasten anzubringen, während Daniel neben dem Proton-Supermarkt Schmiere stand.

Das Essen stärkte Jagudin. Jetzt konnte er endlich die Informationen sichten, die seine Mitarbeiter zusammengetragen hatten.

Ungeduldig klickte er auf die ihm übersandten Videodateien. Zum ersten Mal sah er Julia.

Der Gedanke, dass das Mädchen nur kurz darauf ermordet wurde, ließ ihn kalt. Auch Jagudin hatte schon Kinder getötet, meist als Kollateralschaden. Wo gehobelt wird, fallen auch kleine Späne. Ihn interessierte nur eines: den Kreml zufriedenzustellen. Täter aufspüren, neutralisieren, Rückreise. Fertig. Jagudin hatte im Vergleich zu Kommissar Nikakis einen großen Vorteil: er konnte die gesamte Videosequenz sehen. Er sah daher nicht nur Julia winken, er konnte sehen, wem sie winkte. Ein kleines Problem gab es dennoch: es fehlten zehn Sekunden dazwischen. Julia winkt.

Pause. Gegenkamera. Ein junger Mann, der nervös den Hals reckt.

Das Loch beunruhigte Jagudin nicht. Er wollte nur wissen, wer der unbekannte Freund von Julia war, von dem einer der Leibwächter gesprochen hatte.

Jagudins Mitarbeiter hatten den Bodyguard massiv unter Druck gesetzt und ihm deutlich gemacht, dass er unter keinen Umständen über den unbekannten Freund sprechen darf. Schon gar nicht mit Andrei Stepanow. Der war nach Jagudins Meinung ein Parvenu, der Russland bestohlen hatte. Dass Stepanow formal noch SWR-Mitglied war, störte Jagudin sehr.

Konzentriere dich, ermahnte er sich selbst.

Das Kennzeichen des Jungen.

EMT 2643. Kein Mietwagen.

Über das Kennzeichen kommen wir an die Adresse, zumindest die des Vaters und der Junge wohnt sicher noch zuhause.

Die Zentrale hatte ihn schon vorgewarnt: auf Mykonos gibt es weder Straßennamen noch Hausnummern. aber mit „SWR Maps" kein Problem.

Sein Telefon brummte.

„Spiros Minteros, 17, Tourlos, Richtung Hafen, rechts abbiegen nach Metzgerei. Haus mit Fahne an der Einfahrt. Karte anbei".

Im Westen würde man ein „Gut gemacht" zurückschreiben, beim SWR betrachtete man Lob als Zeitverschwendung.

Jagudin tippte den Namen bei Facebook ins Suchfeld. Letzter Eintrag vor fünf Jahren. Nicht überraschend. Unstet wie alle westlichen Gesellschaften, rennt man einem Trend nach, nur um herdenartig kurz danach auf den nächsten Zug aufzuspringen.

Instagram.

Jagudin konnte sein Glück nicht fassen.
Der letzte Post war vom Montag.
Spiros Minteros in Verkleidung – als Vampir.

Was für Polizisten nur ein weiteres Indiz gewesen
wäre, war nach den großzügigen Maßstäben der
Geheimdienste der endgültige Beweis.
Spiros war der Letzte, der Julia getroffen hatte.
Spiros war am Rosenmontag als Vampir verkleidet, in
voller Montur, heißt: mit Zähnen.

25

Während Nikolai Jagudin deutliche Fort-
schritte erzielte, traten Daniel und Angelos
auf der Stelle – oder genauer: sie saßen.
Drei Stunden Warten im Auto hinterließen ihre
Spuren.
„Gott ist das langweilig", stöhnte Daniel, der schon
hippelig wurde, wenn er zehn Minuten stillsitzen
musste.
„So sieht der Job eines Ermittlers aus: warten, warten
und warten. Manchmal ohne jedes Ergebnis. Du hast
sogar Glück, weil eine zweite Person dabei ist. Dann
kann sich einer die Füße vertreten oder Kaffee holen
und genau das tue ich jetzt!"

Ihre Position war hervorragend – keine Frage. Sie standen oben am Parkplatz in Ano Mera. Stark frequentiert wegen des Supermarktes, der Apotheke und einer Bäckerei, fiel ein länger parkendes Auto nicht auf.

Sie hatten freien Blick auf das „Anatolia".

Doch der ideale Standort für eine Observierung ist nutzlos, wenn sich nichts tut.

Fünfzehn Minuten und einen doppelten Espresso später hatte Daniel mit seinem Quengeln Erfolg.

„Der schläft. Er ist mindestens 36 Stunden auf den Beinen, wenn nicht mehr!"

„Na gut", sagte Angelos. „Fährt er irgendwo hin, erfahren wir es durch den Sender!"

„Wir wechseln uns alle zwei Stunden ab", schlug Daniel vor.

Doch Angelos Nikakis hatte ein flaues Gefühl im Magen.

Wir verfolgen nicht den Täter – also den Vampir. Wir verfolgen lediglich denjenigen, der aufgrund besserer Informationen dem Täter am Nächsten war. Riskant. Und mit jeder Stunde wuchsen Angelos´ Zweifel.

Zwei Stunden später läutete das Handy. Ein schlechtes Zeichen, denn es läutete nur bei einer bestimmten Nummer: dem Diensthandy von Maria. Im Klartext: ein Notfall.

„Eine Leiche. Am Leuchtturm. Ein Touristenpaar hat sie entdeckt!"

Angelos fluchte. Er hatte sich für zwei Stunden hingelegt und war noch im Aufwachmodus.

„Der Vampir?", fragte er.

„Schwer zu sagen. Man sieht einen Biss. Andererseits ist es eine ziemliche Sauerei. Wenn, dann war der Vampir nicht durstig. Und das Opfer ist ein Einheimischer. Ein Junge, gerade mal siebzehn. Spiros Minteros", sagte Maria.

„Wir sind unterwegs!"

Angelos ging hinunter in die Küche.

Daniel war am Tisch eingeschlafen.

„AUFWACHEN! In der Armee hätte man dich jetzt erschossen!"

Angelos schaute auf den Bildschirm. Natürlich hatte Jagudin das Hotel verlassen. Der blinkende Punkt zeigte an: er war am Hafen.

Schlaftrunken folgte Daniel Angelos zum Wagen. Entgegen seinen Gewohnheiten schaltete Angelos beide Sirenen an.

„MUSS DAS SEIN?", schrie Daniel.

26

Oh Gott, ich kenne den Jungen. Kannst du dich erinnern? Vor ein paar Monaten hab ich dich vom ‚Scorpio´s' abgeholt. Unterwegs kamen wir zu einer Schlägerei!", sagte Angelos.

„Stimmt. Du hast einem der Kerle den Arm gebrochen. Das war er?", fragte Daniel.

„Ich hab dem Kerl nur die Schulter ausgekugelt. Und er hier war das Opfer!"

„Er heißt Spiros – oder hieß", sagte Maria.

Der Tatort glich einem Schächtungsraum.

Das Opfer war auf einen Tisch gefesselt, auf dem das Blut die gesamte Oberfläche bedeckte und seitlich hinunterlief.

Über die Kehle zog sich eine breite Schnittwunde. An der linken Halsseite konnte man eine Bisswunde erkennen.

Der Tatort war das ehemalige Wohnhaus des Leuchtturmwärters, der schon vor zehn Jahren verstorben war. Ein einstöckiger Kubus in miserablem Zustand. Dazu beigetragen hatten zahlreiche Partys während der Corona-Zeit.

Angelos zog Handschuhe an und sagte: „Los, Daniel, wir müssen die Beine auseinander-ziehen!"

Als Nächstes fummelte Angelos zwischen den Beinen herum und zog nach wenigen Augenblicken ein Papierknäuel hervor.

Als er es entfaltete, sah man: es war ein 100-Euro-Schein.

„Das zweite Vampiropfer", sagte Daniel, aber Angelos schüttelte mit dem Kopf.

„Nein. Der erste Tatort war fast steril. Das hier ist ein Schlachtfeld. Zweitens hatte der Vampir den Geldschein akribisch gefaltet. Der hier ist nur zusammengeknüllt. Drittens ist es der falsche Schein", sagte Angelos.

„Wieso falsch?"

„Weil es am ersten Tatort ein 500-Euro-Schein war!"

„Vielleicht hatte der Vampir grad nicht den passenden Schein", sagte Daniel.

„Daniel, wer weiß überhaupt, dass es bei Julia ein 500-Euro-Schein war?"

„Wir drei und Karnezis!"

„Richtig. Aber da die Russen unser Kamerasystem gehackt haben, war es für sie sicherlich ein Leichtes, Karnezis´ Computer zu knacken, um an den Obduktionsbericht zu kommen. Im Bericht aber ist Karnezis ein Fehler unterlaufen. Er hat statt 500 Euro 100 Euro geschrieben", sagte Angelos, „ergo …"

„Der richtige Vampir hätte einen 500er-Schein verwendet. Weil es ein Hunderter war, muss der Täter die Information von den Russen haben", sagte Maria. „Heißt: der Täter ist dieser Jagudin!"

Angelos nickte.

„Wir haben zwei Morde mit unterschiedlichen Tätern!"

„A-aber warum sollte Jagudin Spiros töten?"

„Weil er ihn für den Vampir hält. Ich nehme an, dass Spiros die Person ist, der Julia freudig gewunken hat. An dem Abend war es kalt, also war Spiros nicht mit seinem Quad, sondern mit Papas Auto unterwegs. Über das Kennzeichen kam Jagudin an die Adresse und hat den Jungen abgepasst. Ich nehme an, Jagudin hat Spiros dazu gezwungen, in den Kofferraum zu steigen und hat ihn dann hier ermordet", erklärte Angelos.

„Aber der Junge kann unmöglich der Vampir sein", sagte Daniel.

„Stimmt meine Vermutung mit der Kameraaufnahme hatte Spiros zumindest eine Verbindung zu

Julia und war auch der Letzte, der sie gesehen hat. Das ist zwar nur ein Indiz, aber …"

Daniel wurde bleich und rannte hinaus.

„Was hat er denn?", fragte Maria.

„Er glaubt, er sei schuld. Er hätte Jagudin am Computer überwachen sollen und …"

„…ist eingepennt. Das ist uns auch schon passiert. Deswegen ist Daniel doch nicht der Täter", sagte Maria.

„Ich war bei Alex´ Ermordung fünf Minuten zu spät und fühle mich heute noch schuldig!"

„Schau her", sagte Maria plötzlich und hielt Angelos ihr Handy hin.

Es war der besagte Instagram-Post mit Spiros im Vampir-Kostüm.

„Das wäre für uns nur ein Indiz, aber Geheimdienstler sind Ermittler, Richter und Täter zugleich!"

„Du meinst Spiros hatte ein Verhältnis mit Julia?", fragte Maria.

„Ja!"

„Dann könnte es ein Crime passionel sein!"

„Glaube ich nicht. Julia hat gestrahlt, als sie Spiros gewunken hat. Ich schau mal nach Daniel!"

Daniel saß auf einem Felsen in Nähe der Klippen.

Angelos streichelte ihm über den Kopf.

„Du trägt als Polizist keine Schuld, wenn du ein Verbrechen nicht verhindern kannst, das nicht absehbar war. Und wir konnten nicht wissen, dass Jagudin in nur einem Tag den ‚Vampir' findet, wobei ich befürchte, dass der Junge hier nur das Opfer von voreiligen Schlüssen wurde!"

„Hätte ich aufgepasst …"

„Das Wort ‚hätte' hilft keinem Polizisten. Und jetzt müssen wir weitermachen!"

Keine Zeit zum Grübeln geben, dachte Angelos.

„Wo ist Jagudins Auto?"

„Immer noch in Tourlos, am Hafen!"

„Und sein Koffer?"

Daniel wischte über sein iPad.

„In seinem Zimmer in Ano Mera. Also ist er noch auf der Insel!"

Doch Angelos schüttelte den Kopf.

„Sein Auto und sein Koffer sind noch hier, damit wir *glauben*, er wäre noch hier. Für jeden Mörder gilt als erste Regel: verpiss dich vom Tatort, so schnell du kannst!"

„Aber er ist weg. Die Fähre hat vor einer Stunde abgelegt und ist längst in Syros", sagte Daniel.

„Die Fähre hat einen Motor und eine Schiffs-schraube. Also kann sie auch zurückfahren!"

„Das merkt Jagudin doch", widersprach Daniel.

„Es ist stockdunkel, Neumond und der Kapitän wird den Transponder ausschalten", erklärte Angelos.

„Früher hatten die Menschen ein instinktives Gefühl, wo welche Himmelsrichtung ist. Heute braucht man ein GPS-Signal, das aber ohne Transponder nicht funktioniert Und wer weiß heute noch, wo der Nordstern liegt!"

„Die hintere Linie beim Großen Wagen mal fünf", meinte Daniel und grinste.

„Mein kluger Ehemann!"

„Und nochmal: wie willst du den Kapitän überzeu-gen?"

Mit dem Wort ‚Terrorist' und Erpressung", antwortete
Angelos.

27

Giorgios, der Hafenmeister, erklärte Angelos für
verrückt.
„Der Kapitän heute ist Charistos. Ein
Arschloch vor dem Herrn!"
„Wunderbar"; antwortete Angelos und setzte sich an
das Funkgerät.
„Kripo Mykonos an Blue Star Patmos!"
Es dauerte eine Minute, bis die Fähre antwortete.
„Nikakis??", bellte die Stimme zurück.
„Ja, Charistos. Besser Kriminaldirektor Nikakis!"
„Ah, ich dachte, Sie sind nur Kommissar!"
„Kommissar ist der Beruf, Kriminaldirektor der Titel. Es
ist wie ‚Kapitän' und ‚Admiral'!"
„Aha. Und was wollen Sie?"
„Sie fahren zurück nach Mykonos!"
Die Stimme lachte.
„Sind Sie verrückt? Wir verlassen gerade Syros!
Warum sollte ich?"
„Ich denke an den 17. November letzten Jahres",
sagte Angelos und feixte. Leider konnte Charistos ihn
nicht sehen.
Als Antwort kam zunächst nur ein Schnauben.

„Es war raue See und eine große Welle hat mich kurz vor dem Pier erwischt. Ich bin – geistesgegenwärtig – nach rechts ausgewichen und habe ein paar Bretter beschädigt."

Angelos lachte laut.

„Sehr amüsant. Ich habe den Vorgang vor mir. Bei der Ankunft herrschte laut Wetterstation Windstärke 2. Ein laues Lüftchen!"

„Die Wetterstation steht am Flughafen. Im Hafen dagegen …"

„Schluss mit dem Theater. Sie waren gelinde gesagt angetrunken, sind zu schnell in den Hafen gefahren und rechts in zwei Stege und drei Segelboote geknallt. Die Blutprobe ergab 1,4 Promille. Wäre ich nicht so ein Menschenfreund, hätten Sie Ihr Kapitänspatent für mehrere Jahre verloren. Und das kurz vor der Rente!"

Stille.

„Gut, wir sind uns also einig!"

„Und was soll das für ein Terrorist sein? Ich hoffe, keiner mit einer Bombe!"

Besser dick auftragen, dachte Angelos.

„Möglich ist es. Sie fahren also wieder zurück!"

„Aber warum? Wir wären in zehn Minuten wieder in Syros!"

„Das OPKE-Team braucht 40 Minuten von Athen, kann aber in Syros nicht direkt am Hafen landen. Und wenn Sie innerhalb weniger Minuten wieder Syros ansteuern, merkt der Terrorist es. Die Fähre muss in Bewegung bleiben, bis die Hubschrauber hier im Hafen landen!"

„Aber er wird merken, dass wir abdrehen",
widersprach Charistos.

„Nein. Sie fahren einen weiten Bogen und schalten
den Transponder aus. Sie informieren lediglich den
Maschinenraum und Ihre Leute auf der Brücke. Keine
Durchsagen!"

„Und was sage ich, wenn ich bei Ihnen einlaufe?"

„Dass es einen Sicherheitsalarm gibt und alle
Passagiere die Fähre verlassen müssen, geordnet
und ruhig!"

Charistos schnaubte.

„Der Terrorist wird sich unter die Passagiere mischen
und aussteigen!"

„Nein. Am Pier sind Gitter und zwei Gänge. An dem
einen stehe ich, am anderen mein Ehemann!"

„Welcher? Der alte oder der neue?", stichelte
Charistos.

„Noch so ein Spruch und ich befördere den Ersten
Offizier zum Kapitän. Wenden, Transponder
ausschalten, Maschinenraum verständigen!"

„Was mache ich, wenn der Terrorist auf die Brücke
kommt? Meine Pistole stammt noch aus den
Türkenkriegen!"

„Hauchen Sie ihn einfach an: das dürfte genügen!"

28

Es war gegen 23 Uhr, als die „Patmos" einlief. Am Pier konnte man hören, wie Charistos die Durchsage machte, dass alle Passagiere geordnet von Bord gehen sollten.

Die Heckklappe war noch nicht vollständig ausgefahren, als die ersten Fahrgäste auf den Pier sprangen und sich hinter den Gittern stauten.

„Haben wir kein Megafon?", schrie Daniel vom linken Kontrollposten.

„Nein. Menschliches Verhalten schlägt Polizeidurchsage", rief Angelos.

Und so dauerte es gut zehn Minuten, bis der letzte Passagier von Bord war.

„76", rief Daniel.

Bei Angelos waren es 110.

Als Letztes kam die Crew und Kapitän Charistos.

„Wie viele Passagiere?", fragte Angelos den Zahlmeister.

„158", lautete die Antwort.

Angelos grinste.

„Wenn Ihr bei der Passagierzahl noch einmal schummelt, dann raucht es gewaltig. Sagt der Reederei einen schönen Gruß, dass dies die letzte Warnung ist. Und jetzt zu Ihnen, Charistos. Sie gehen gefälligst zurück auf die Brücke. Was sind Sie denn für ein Kapitän?", raunzte Angelos.

„Dann bin ich alleine mit dem Terroristen", protestierte Charistos.

„Dann sterben Sie als Held. Abmarsch!"

Angelos und Daniel räumten den Pier und gingen zu dem Container, indem das Zugriffsteam wartete.
In den vierzig Minuten, die die „Patmos" bis Mykonos brauchte, hatten Daniel und Angelos mit der Hilfe von Giorgios, dem Hafenmeister, Gitter und einen kleinen Container auf dem Pier
abgestellt.
Varifakis, Chef der Eingreiftruppe, stand an der Containertüre.
„Sollen wir zufällig auch den Kapitän erschießen?", fragte er und grinste.
„Die sind alle gleich. Viel Glück, Yannis, und danke im Voraus", sagte Angelos.
„Das bringt Unglück. Los, Männer. Auf Hand-zeichen!"
Er hob den Arm und ließ die Hand kreisen.
Zwölf maskierte Männer mit Maschinenpistolen stürmten über den Pier ins Innere der Fähre.
„Setz das Nachtsichtgerät auf und geh auf die linke Seite", sagte Angelos zu Daniel.
„Ja, Chef!"
„Doofkopf"
„I love you, too!"

Über die Helme konnten Angelos und Daniel den Sprechverkehr des Einsatzteams verfolgen.
Zwei Dutzend Mal hörten sie den Ruf „Gesichert".
Plötzlich vernahm Angelos Daniels Stimme.
„Du solltest ganz schnell zu mir kommen!"
Angelos rannte die gut 200 Meter bis zum östlichen Ende des Piers, wo Daniel Position bezogen hatte.

„Schau zum Bug. Da klettert einer die Ankerketten runter!"

Daniel hatte recht.

Am oberen Ende der Kette bewegte sich etwas.

Angelos griff zum Funkgerät.

„Charistos! Anker lichten! Sofort!"

„Den Anker? Aber …"

„TUN SIE ES! SOFORT!", schrie Angelos.

Der ohrenbetäubende Lärm der Ketten durchbrach die Stille der Nacht.

Gebannt verfolgten Angelos und Daniel die Reaktion der Gestalt, die an der Kette hing. Sie wurde nach oben gezogen, prallte mit dem Kopf gegen den Schiffsrumpf und stürzte ins Hafenbecken.

„CHARISTOS! Anker setzen!"

„Können Sie sich bald entscheiden?"

„ANKER SETZEN; HERRGOTT!"

Der Anker sauste nach unten und traf Jagudins Kopf mit voller Wucht.

„Oh Gott", rief Daniel.

Obwohl das Geschehen nur in verschiedenen Grünstufen zu sehen gewesen war: den Volltreffer, der Jagudins Schädel zertrümmerte, konnte man deutlich verfolgen.

„Varifakis! Zielobjekt neutralisiert. Abbruch", sagte Angelos.

„Müssen wir Jagudins Reste nicht aus dem Becken fischen?", fragte Daniel.

„Nein. Das macht die Feuerwehr!"

„Damit wäre der zweite Mord abgehakt und wir können nach Hause."

„Nein, Süßer. Wir müssen noch zu Spiros´ Eltern und die Todesnachricht überbringen. Immerhin können wir ihnen sagen, dass der Täter seine verdiente Strafe bekommen hat", sagte Angelos.

„Na ja. Das wird ihnen nicht helfen", widersprach Daniel.

„Heute nicht. Aber mit der Zeit!"

„Ich bezweifle aber, ob das Spalten des Kopfes eine verdiente Strafe ist", knurrte Daniel.

„Gehörst du auch zu denen, die mehr Mitleid mit den Tätern haben als mit den Opfern? Du hast Spiros gesehen. Ein Junge, der sein Leben noch vor sich hatte. Nein, dieser Tod war für Jagudin noch viel zu einfach. Seine Opfer haben gelitten, hatten Todesangst und beim ihm macht es ‚patsch‘ und vorbei ist es. Denk an meine Worte, wenn du gleich eine Mutter siehst, für die der Rest des Lebens zur Tortur wird", regte sich Angelos auf.

„Lass uns nicht streiten. Mir graut vor der Mutter. Sie ahnt nichts", sagte Daniel.

„Sie weiß es schon. Mütter haben so etwas im Gefühl", widersprach Angelos.

Er sollte Recht behalten.

Als ihr Sohn starb, hatte sie zeitgleich urplötzlich Herzrasen.

Es war zwei Uhr morgens, als Angelos und Daniel in Ornos eintrafen.

„Gott, war das schrecklich", sagte Daniel. „Als du es ihr gesagt hast, ist die arme Frau …äh, ich weiß nicht, wie man das beschreiben kann!"

„Sie ist erloschen. Und zwar für immer. Die Mutter des Opfers hat immer lebenslänglich!"

Angelos war trotz der Strapazen hellwach: er war zornig.

„Wir müssen noch eine Pressemeldung schreiben, sonst stürmen die uns morgen früh das Haus. Ich mache Rühreier – du schreibst", sagte Daniel.

„Mit Vergnügen", knurrte Angelos.

Er hackte in die Tastatur.

Gegen 19 Uhr fand die Kripo Mykonos die Leiche eines 17-jährigen Einheimischen in einem Neben-gebäude des Leuchtturms.

Der Mörder konnte schnell ermittelt werden. Da er auf die Fähre nach Piräus geflüchtet war, wurde das Schiff, das sich bereits in Syros befand, nach Mykonos zurückbeordert. Dort wurde die Fähre von der herbeigerufenen Sondereinheit OPKE gestürmt. Der Mörder wollte sich dem Zugriff entziehen und versuchte, vom Schiff zu fliehen.

Dabei stürzte er in die Tiefe und verstarb an seinen Verletzungen.

Die Kripo Mykonos dankt dem Einsatzteam, der Feuerwehr für die Bergung und dem Kapitän der ‚Patmos'.

Bei dem Opfer handelt es sich um einen jungen Mann aus Tourlos, der – entgegen vieler Gerüchte – nicht der sogenannte ‚Vampir von Mykonos' war. Diese Gerüchte entbehren jeder Grundlage. Offensichtlich handelt es sich um eine Verwechslung. Der 17-jährige Mykonier wurde von einem Mann ermordet, der ein Mitarbeiter des russischen

Geheimdienstes SWR war. Sein Name: Nikolai Jagudin.

Es ist leider nicht das erste Mal, dass im Westen auf Geheiß des Kremls gemordet wird – Salisbury, London, Berlin und nun Mykonos zeigen, dass Töten in anderen, souveränen Staaten zur Agenda Moskaus gehört.

Zumindest hier auf Mykonos ist der Täter nicht ungeschoren davongekommen.

Nach dem sogenannten ‚Vampir‘, der ein 14-jähriges Mädchen ermordet hat, wird weiter mit Hochdruck gesucht.

„Oh je. Wir sollten die nächste Zeit unsere Getränke überall selbst mitbringen. Und Athen wird Amok laufen. Von deinem neuen Telefonfreund ganz zu schweigen", sagte Daniel.

„Beide können mich mal", knurrte Angelos und klickte auf „Twittern".

29

Nach nur fünf Stunden Schlaf wurden Angelos und Daniel aus dem Schlaf gerissen. Alle Handys waren ausgeschaltet – außer das Notruftelefon.

„Ich drehe hier noch durch", knurrte Angelos, aber es war Maria. Er ahnte, was kommen würde.

„Sorry, Schöner, aber ich glaube, dieses Mal hat der richtige Vampir zugeschlagen. Die Leiche sieht aus wie Julia. Das Übelste kommt aber noch: es ist ein Junge und der ist der Sohn eines saudischen Prinzen. Er wurde neben dem Pool gefunden. Und das Haus liegt fast neben dem von Stepanow!"

Angelos Nikakis war sprachlos.

Offensichtlich hat der Vampir die Ereignisse des vorangegangenen Abends genutzt. Der Nachteil einer kleinen Insel: jeder wusste, dass am Hafen etwas im Gange war. Schnell machten Gerüchte die Runde, es habe irgendwie mit dem Vampir zu tun. Bei einem Verbrechen sind so viele Personen am Tatort – auch ohne Schaulustige -, dass der Versuch der Geheimhaltung scheitern muss. Der Polizist. der den Verkehr umleitet. Der Bestatter, der die Leiche abtransportiert. Menschen, deren persönliches Entertainment im Abhören des Polizeifunks gipfelt. Die Feuerwehrmänner, die die zweite Leiche aus dem Hafenbecken bergen mussten. Zwei Leichen, ein SWAT-Team und Twitter: schon war der Brei angerührt.

„Es ist das komische Haus, das ausschaut wie ein Beduinen-Zelt", sagte Maria.

Angelos wusste sofort, welche Villa sie meinte.

In zwei Instanzen hatte sich Angelos als Bürgermeister auch hier geweigert, eine Baugenehmigung zu erteilen. Natürlich hatte die Gemeinde Mykonos die Prozesse verloren.

„Unterwegs", knurrte Angelos.

„Versteht ein Saudi dein Arabisch?", fragte er Daniel.

„Wenn er nicht taub ist: ja!"

„Für Scherze bin ich zu fertig. Und was ich am Morgen nicht vertrage, ist ein Scheich!"

„Du hattest zwei Jahre lang jeden Morgen einen Scheich im Bett!"

Angelos verdrehte die Augen.

„Das ist nicht der Zeitpunkt, mich an Khaled zu erinnern. Ein Missgriff!"

Daniel umarmte Angelos von hinten.

„Das ist viel besser, Süßer. Es klingt jetzt herzlos, aber vielleicht bringt der zweite Mord uns weiter.

Ansonsten hätten wir heute das machen müssen, was jeder Kommissar hasst: bei Null anfangen!"

30

Vor dem architektonischen Verbrechen wartete ein gutaussehender Endzwanziger im maßgeschneiderten Anzug.

„Personaltrainer, Personal Assistent oder Lover?", fragte Daniel grinsend, als sie vorfuhren.

„Oder alles drei. Und die Arroganz trieft aus dem öligen Haar", antwortete Angelos und stieg aus.

Und tatsächlich musterte der Mann Angelos abschätzig. Mit Jeans und weißem T-Shirt war man in seiner Welt offensichtlich zu jedem Anlass underdressed.

„Sie sind die Herren von der Polizei?", fragte der Brioni-Mann ungläubig.

„Ich bin Kriminaldirektor Nikakis. Und Ihr werter Name?"

„Rafik al-Sahad. Ich bin die rechte Hand von Prinz Faisal!"

… und stecke bis zum Hals in dessen Rektum, fügte Angelos in Gedanken hinzu.

„Die Leiche liegt im Pool-Bereich. Bitte folgen sie mir. Sind Sie verwandt mit dem Nikakis, der Seiner Exzellenz die Baugenehmigung verweigert hat?"

„Wenn man mit sich selbst verwandt sein kann: ja. Und wenn ich mir das Resultat so anschaue, muss ich feststellen: ich habe offensichtlich prophetische Gaben", antwortete Angelos.

Daniel kicherte – während Mr. Brioni rot anlief.

Die Herren liefen über eine Fläche, die das Ergebnis des lächerlichen Versuchs war, auf Mykonos einen englischen Rasen anzulegen.

„Hat es hier gebrannt?", fragte Angelos vergnügt.

„Nein. Es ist empörend, dass es Griechenland nicht schafft, auf seinen Inseln eine halbwegs funktionierende Wasserversorgung zustande zu bringen!"

„Meines Wissens besteht Saudi-Arabien noch heute zu 99% aus Sand. Im Übrigen kann ich mich erinnern, dass Ihr Prinz vor Gericht erklärte, er habe Wasserrechte bei einem Nachbar erworben!"

„Das hatte er auch, doch der Nachbar hat seine Zusage widerrufen. Dabei hat er einen eigenen Brunnen", sagte Rafik empört.

Nicht alles kann man mit Geld kaufen, dachte Angelos.

„Der Nachbar ist unser Urologe. Es wird Gründe haben, warum er sein Wasser nicht hergibt. Vielleicht hat ihn dieses Monstrum erschreckt!"

Sie erreichten den Pool-Bereich. Eine überdimensionierte Seenlandschaft, die aber nur halb gefüllt war und dadurch nur lächerlich wirkte.

„Die Stufen hinunter, gleich links liegt Mahdi. Er war das Licht im Leben seines Vaters!"

„Und wo ist der Vater?", fragte Angelos.

„Er ist am Boden zerstört und hält Zwiesprache mit Allah", sagte Rafik mit gespielt bedeutungsschwerem Blick.

Just in diesem Moment hörte man lautes Gebrüll aus dem Haus.

„Er hält wohl eher Zwiesprache mit den Bodyguards", sagte Angelos. „Wer hat den Jungen gefunden?"

„Einer von der Security", sagte Mr. Brioni.

„Wo waren die denn, als es passierte?"

„Der Junge war am Pool immer allein. Er konnte schwimmen. Es war nicht notwendig, dass die Männer auf ihn aufpassten!"

„Offensichtlich wäre es besser gewesen. Aber wie ist der Mörder auf das Grundstück gelangt? Es ist von einer Mauer umgeben und sicherlich gibt es zusätzlich technische Systeme wie Bewegungsmelder oder Kameras. Natürlich müsste irgendjemand auf einen Alarm reagieren. Oder es war jemand vom Personal", sagte Angelos.

„Ausgeschlossen. Es ist für alle ein Privileg, für Seine Exzellenz zu arbeiten", widersprach Rafik.

„Natürlich", ätzte Angelos. „Gut, dann fangen wir mit der Spurensicherung an. Ich hoffe, der Fundort wurde nicht kontaminiert!"

„Nein", sagte Rafik. Sein Gesicht verriet aber das Gegenteil. „Wenn Sie etwas brauchen, sagen Sie es. Die Bestattung müsste eigentlich bis Sonnenuntergang erfolgen. Der Religionsrat hat aber zugestimmt, dass die Frist um einen Tag verlängert wird, um Mahdi nach Hause zu bringen."

„Daraus wird wohl nichts. Die Leiche verlässt Mykonos erst, wenn ich sie freigebe!"

„Das ist unerhört! Aber ich bin mir sicher, es bedarf nur eines Telefonats aus Riad, damit Athen Sie zur Besinnung bringt!"

Daniel gluckste.

„Ich bin mir sicher, dass Athen keine Lust hat, sich mit mir anzulegen. Und denken Sie nicht einmal daran, die Leiche ohne Freigabe wegzuschaffen. Sonst sitzt

Seine Exzellenz mit seinem Brioni-Assistenten in einer Zelle. Und ich habe eine, die in Sachen Komfort sicher saudischen Standard erfüllt!"

Was hieß: keinen.

Rafik schaute Angelos entgeistert an, sagte aber nichts und stapfte davon.

31

Angelos und Daniel liefen die Stufen hinunter zu den Pools. Gleich links lag die Leiche des Jungen auf einer Sonnenliege.

Daniel schluckte.

„Das ist ja wirklich ein kleines Kind!"

„Julia war vierzehn, der Junge hier zehn. Und vier Jahre sind bei Kindern eine Ewigkeit. Zudem war Julia ihrem Alter voraus. Das Motiv persönliche Leidenschaft fällt hier wohl flach", sagte Angelos.

„Jetzt weiß ich endlich, an was mich die Leichen erinnern. Sie sehen aus wie …"

„…die Wachsfiguren bei Madam Tussauds. Nur viel grauer!"

„Warum tötet der Vampir Kinder? Wie kann man Kinder hassen?", schimpfte Daniel.

„Es geht nicht um die Kinder. Man hasst die Väter. Nur: wie könnten Stepanow und der Prinz zusammenpassen?"

„Es soll auch Geschäfte zwischen Russen und Saudis geben. Aber dafür bräuchten wir die Hilfe der Kollegen aus Riad. Da stehen die Chancen ungefähr so gut wie im Falle Moskau!"

„Na gut. Fangen wir an. Daniel, wir brauchen noch die Blutlampe und den Nachtsichthelm!"

„Nachtsicht bei gleißendem Sonnenlicht?", fragte Daniel ungläubig.

„Mach einfach. Du wirst es dann verstehen. Aber bleib noch kurz und pass auf, dass niemand kommt!"

Angelos griff zwischen die Beine der Kindesleiche und fand sofort den Gegenstand, den er dort vermutet hatte: einen Geldschein, fein säuberlichst kleingefaltet.

„Dieses Mal war es also der richtige Vampir", stellte Daniel fest.

Angelos nickte.

„Die gleiche Wunde am Oberschenkel wie bei Julia und der Biss am Hals passt auch. Hol bitte die Blutlampe!"

„Da ist aber nichts zu sehen", sagte Daniel.

„Warten wir es ab!"

Zwei Minuten später wusste Daniel, warum er den Nachtsichthelm tragen sollte. Trotz Sonne konnte er so die Blaulichtlampe einsetzen.

„Du hast recht. Auf der Steinplatte ist ein verwischter Blutfleck!"

„Schau besonders auf die Grasnarbe – oder was immer das ist", sagte Angelos.

„Da sind auch einzelne Tropfen. Sie führen zu der Treppe!"

Hinter einem künstlichen Bougainvillea-Busch führten Stufen in den Untergrund.

„Die Pooltechnik. Dann schauen wir uns das mal an!"

„Auf jeder zweiten Stufe ist ein Tropfen. Viel ist es nicht!"

„Der Mörder ist alles andere als schlampig. Er stand nur unter höherem Zeitdruck als in der abgelegenen Kapelle", sagte Angelos.

Im Untergrund führte die Spur nach rechts. Plötzlich standen Angelos und Daniel in einem gemauerten Gang, an dessen Ende sich eine verrostete, kleine Türe befand.

„Was ist denn bitte das?", fragte Daniel. „Das Haus ist keine zwei Jahre alt und das Gewölbe ist definitiv älter!"

32

Angelos hatte Schwierigkeiten, die kleine Tür zu öffnen. Immerhin war sie nicht abgesperrt. Das, was sich dahinter verbarg, verschlug ihnen den Atem.

„Was ist das für ein Gang?", fragte Daniel, nachdem er durch die Luke geklettert war.

„Ein alter Abwasserkanal. Er ist noch oval. Die neuen sind alle rund", erklärte Angelos.

Doch das Unerwartete war etwas anderes. Der Kanal war hell erleuchtet: an der Decke hingen zwei starke Maglites. Darunter lag auf zwei Böcken eine Bahre.
„Wieso ist der Kanal trocken?", fragte Daniel.
Angelos grinste.
„Es ist ein griechischer Kanal. Es war der erste große Abwasserkanal, der in den Achtzigern gebaut wurde. Vorher … na ja, du kannst dir vorstellen, wohin die ganze Scheiße eingeleitet wurde. Das Meerwasser hat besonders in Ornos gotterbärmlich gestunken. Man baute also den Kanal, der zur neuen Kläranlage an der Südküste führen sollte!"
„Lass mich raten: die Kläranlage wurde nie gebaut!"
„Richtig. Als der Kanal fertig war, hatte man kein Geld mehr. Der übliche Grund: Korruption und ver-brecherische Bauunternehmen. Und ohne Kläran-lage macht ein Kanal keinen Sinn. Die heutige Anlage hat man zwanzig Jahre später gebaut, allerdings an einem anderen Ort!"
„Hier ist also nie ein Tropfen geflossen. Und der Vampir wusste es!"
Der Kanal war so hoch, dass man gebückt darin laufen konnte.
Angelos leuchtete die Bahre aus.
„Am unteren Ende ist alles voller Blut. Damit hätten wir im Gegensatz zum ersten Mord einen Tatort!"
„Der Täter ist also jemand, der von diesem Kanal wusste. Deine Theorie, es hätte mit den Geschäften des Russen oder jetzt des Prinzen zu tun, wäre hinfällig", sagte Daniel.
„Du verwechselst Motiv und Gelegenheit. Wer den Bau als Jugendlicher mitbekommen hat, ist Mitte

fünfzig. Damit ist man zwar noch kein Greis, aber ziemlich alt für einen Vampir. Im Übrigen hat sich der Täter sicher intensiv mit dem Haus beschäftigt. In den Plänen für das Haus muss der Kanal eingezeichnet sein!"

„Warum ist der nicht abgerissen worden? Er war – wie man sieht – ein Sicherheitsrisiko", meinte Daniel.

„Wenn du ein Grundstück erwirbst, kann dir doch nichts Besseres passieren, als dass dort schon ein Kanal liegt", erklärte Angelos.

„Aha. Du vergisst aber, dass der Kanal im Nichts endet!"

„Das ist mir schon klar. Das war auch der Baubehörde sicher bekannt. Aber das Problem hat man mittels eines Briefumschlages gelöst. Da die Kläranlage nicht gebaut wurde, gibt es dorthin keine Straße und so bemerkt niemand, dass die Brühe des Prinzen ins Meer läuft. Und bestimmt hängt auch Stepanow an dem Kanal! Hier ist er noch trocken, aber weiter unten läuft dann das Brauchwasser des Pools ein und dahinter das Abwasser!"

Daniel schüttelte den Kopf.

„So war das bis zur Finanzkrise. Es gab nicht mal ein Katasteramt – und keine Grundsteuer!"

„Ein Paradies für Reiche und Betrüger. Aber egal: wenn da eine Türe ist, gibt es bestimmt noch mehr. War sie verschlossen, könnte man den Täterkreis eingrenzen", sagte Daniel.

„Im Prinzip hast du recht. Aber wer immer hier auf der Insel einen Schlüssel zu dem alten Kanal hat: was hat derjenige mit einem Oligarchen oder gar einem saudischen Prinzen zu tun?", entgegnete Angelos.

„Erst Fragen stellen und dann die Ergebnisse bewerten, hat mir irgendein Kommissar erklärt", sagte Daniel und grinste breit.

„Also gut. Erstmal raus hier!"

Die beiden kletterten durch die Luke zurück in die Pool-Technik, als sie Schritte hörten.

Es war der Poolboy.

„Herrje, haben Sie mich jetzt erschreckt. Wie sind Sie da reingekommen? Nicht mal wir haben einen Schlüssel", sagte der junge Mann, der eindeutig Albaner war. Sein Akzent war fürchterlich.

„Die Luke war immer verschlossen? Sie haben auch niemand gesehen, der sich daran zu schaffen machte?"

„Nein. Nie. Deswegen kümmerte sich auch die Security nicht um den Zugang. Und selbst wenn, wären sich die Herren zu fein gewesen, in ein Abflussrohr zu klettern. Genau deswegen raucht es gerade im Haus gewaltig. Ich kann nicht sagen, dass mir das missfällt – auch wenn mir der Junge leidtut!"

Als Angelos und Daniel nach oben kamen, hörten sie Maria laut schreien.

„Da ist jemand sauer", sagte Angelos.

Als sie den Hof erreichten, standen dort Maria und Mr. Brioni.

In ihrem breitesten Dialekt erklärte Maria, was los ist.

„Dieser blöde Ziegenfi …. Vollidiot will mich nicht zu der Leiche bringen, weil ich eine Frau bin. Der Junge muss aber aus der Sonne raus und in den Kühlraum. Herrgott, wo sind wir denn eigentlich?"

Angelos nahm Maria in den Arm und winkte den Rettungsassistenten, die die Bahre bringen sollten.

„Vor zwanzig Jahren war das auch hier noch nicht
anders. Keine weiblichen Polizisten, geschweige
denn schwule", sagte Angelos.
Er hatte noch nicht einmal ausgesprochen, schon
rutschte er am Poolrand aus und knallte auf den
Hinterkopf.

33

S chön liegenbleiben", sagte Daniel, doch der
potentielle Patient war schon renitent.
„Verflucht", knurrte Angelos und versuchte
aufzustehen, aber dies gelang ihm nur mühsam und
er schwankte.
Daniel konnte ihn gerade noch abfangen, bevor er
erneut gestürzt wäre. Ein Blick auf den Poolrand
genügte, um zu begreifen, dass Kommissar Nikakis
voll mit dem Kopf auf den Beton geknallt war: es war
eindeutig Blut zu sehen.
Daniel betrachtete die Wunde am Hinterkopf.
„´Ne Beule", meinte Angelos. Nur: da war keine
Beule, sondern eine klaffende, kräftig blutende
Wunde, die eigentlich hätte genäht werden müssen.
Aber dazu würde man ein paar Haarbüschel
entfernen müssen – undenkbar.
Daniel hielt Angelos den Zeigefinger vor die Augen
und bewegte ihn von rechts nach links und zurück.

Die Diagnose war eindeutig: Gehirnerschütterung.
„Wir gehen schön langsam zum Auto!"
„Aber wir müssen …", widersprach der Patient.
„WIR müssen gar nichts. Maria kümmert sich um den Rest. Wir fahren nach Hause, dann versorge ich die Wunde und dann ab aufs Sunbed. Widerstand zwecklos", sagte Daniel.

Eine Stunde später lag Angelos Nikakis im Wohnzimmer in Ornos auf besagtem Sunbed und hatte sich bereits mehrmals übergeben.
„Lass mich wenigstens die Klinik anrufen", bat Daniel – vergebens.
„Ich kann es mir nicht leisten, hier herumzuliegen. Wir müssen den Vampir finden, bevor er noch ein drittes Mal mordet", protestierte Angelos.
„Lass mich mal machen. Ich hab schon einiges von dir gelernt, oder?"
„Schon. Aber es ist meine Aufgabe. Ich bin der Kommissar", sagte Angelos und versuchte aufzustehen.
„LIEGENBLEIBEN. Herrgott. Schlimmer wie ein kleines Kind. Ich mache jetzt Espresso, dann geht es dir besser", meinte Daniel und ging in die Küche.
Ich habe zwei Tage, dachte Daniel.
Zwei Tage, um zu beweisen, dass Angelos´ Theorie über das Motiv des Vampirs falsch war.
Sicher: mit Jagudin war tatsächlich ein obskurer Russe aufgetaucht, aber der sollte den Vampir eliminieren. Das war kein Beweis dafür, dass der Täter auch Russe war. Und jetzt kam ein saudischer Prinz hinzu. Beide müssten also einen gemeinsamen Feind

haben, der sich an den Kindern rächt, um die Väter zu treffen. Ein Saudi und ein Russe? Auszuschließen war es nicht.

Aber Daniel glaubte nicht daran. Der Vampir tötet aus einem anderen Motiv heraus. Dessen war er sich sicher.

Doch wo sollte er ansetzen?

Die Villen. Direkt nebeneinander. Beide potthässlich. Plötzlich wusste Daniel, wie er es anpacken sollte. Er würde die Hilfe von Gabriel benötigen, Angelos´ rechter Hand im Rathaus.

Und der wiederum liebte seinen Chef und machte keinen Hehl daraus.

Hoffentlich hält sich die Stutenbissigkeit in Grenzen.

„Aufsetzen, Herr Patient. Es gibt Rühreier!"

34

Daniel und Gabriel saßen im „Da Vinci" an der Promenade. Daniel auf der Bank, Gabriel in seinem Rollstuhl.

„Entschuldige, wenn ich frage, aber warum sitzt du im Rollstuhl? Die Leute reagieren immer so komisch, wenn ich frage", sagte Daniel.

Ein schöner Mann, dachte er. Wäre nicht der Rollstuhl, könnte er jede Nacht einen anderen haben.

Gabriel lächelte gequält.

„Es war eine Art Unfall. Ich habe eine Kugel abbekommen, die für Angelos bestimmt war!"

„Ah. Das erklärt, warum Angelos nichts auf dich kommen lässt!"

„Ehrlich gesagt: die erste Kugel habe nur ich mitbekommen. Ich wusste, es kommt eine zweite ..."

„...und hast sie abgefangen? Um ihn zu retten?", fragte Daniel ungläubig.

„So ist das, wenn man verliebt ist!"

„Nein: nicht verliebt. Du liebst ihn, und zwar noch immer!"

„Ja. Und? Als ich aus dem Krankenhaus kam, hat er mich in seinem und Khaleds Haus aufgenommen, obwohl Khaled nicht wollte. Danach hat Angelos mir einen Job, ein Auto und eine Wohnung besorgt. So einen Menschen muss man lieben", sagte Gabriel.

„Dann weißt du, warum ich um ihn gekämpft habe", meinte Daniel.

„Mit unglaublicher Hartnäckigkeit und nicht ganz astreinen Tricks", entgegnete Gabriel.

„Das hättest du auch getan. Meine Frage wäre nur, warum du mit mir ein Problem hast. Ich bin nicht der erste Mann an der Seite von Angelos!"

„Stimmt. Aber bei Khaled und Yariv wusste ich, dass es nicht von Dauer ist. Sie passten nicht zu ihm."

„Und ich passe?", fragte Daniel.

„Angelos war noch nie so glücklich und zufrieden. Das freut mich für ihn – für mich ist es schwierig! Aber wir sind nicht hier, um über mich zu sprechen. Warum bist du hier?"

„Um dich zu bitten, mir und Angelos in dem Vampir-Fall zu helfen!"

„Aha. Weiß Angelos davon?"

Daniel schüttelte den Kopf.

„Er hat sich die ganze Nacht übergeben, aber ich kann diesen sturen Esel nicht dazu bringen, ins Krankenhaus zu gehen. Er hat schon gezickt, als ich rund um die Wunde ein paar Haare abgeschnitten habe", knurrte Daniel.

Gabriel lachte.

„Die Sache ist die: ich glaube, dass Angelos´ Ansatz verkehrt ist. Ich weiß, er hat bisher alle Fälle gelöst, aber ich habe das Gefühl, er liegt falsch. Du hältst mich jetzt vielleicht für anmaßend, doch geht es mir nur darum, ihm zu helfen. Es ist so …"

Und dann redete Daniel fünfzehn Minuten am Stück, ohne auch nur einen Aspekt auszulassen.

„Angelos ist auf Russen nicht gut zu sprechen. Ihre Methoden sind ihm verhasst. Außerdem machen sie sich immer breiter auf unserer Insel!", sagte Gabriel.

„Genau. Und das trübt seinen Blick. Er hat den Russen gesehen und sofort an zwielichtige Geschäfte und einen Oligarchenkrieg gedacht. Dass ein Russe den jungen Spiros ermordet hat, hat Angelos nur in seiner Sicht bestätigt. Aber das zweite Opfer passt nicht ins Schema!"

„Wenn ich es richtig verstehe, könnte es auch ein Serientäter sein. Die hinterlassen oft Botschaften wie den gefalteten Geldschein. Oder diesen lächerlichen Vampirbiss!"

„Du hast recht, aber ich glaube nicht an einen mordenden Soziopathen!"

„Begründung?"

„Die Nähe der beiden Häuser. Der seltsame Kanal", sagte Daniel.

Gabriel lachte.

„Diese schrecklichen Kästen. Und die Kanal-
geschichte ist ein Lehrstück für öffentliche Bauvor-
haben in Griechenland."

„Mir geht es hauptsächlich um den Kanal und die
Grundstücke. Ich bräuchte jemand, der damals
dabei war!"

„Du wirst niemand finden, der sich dazu äußert. Als
Angelos Bürgermeister wurde, hat er versucht, Licht
ins Dunkel zu bringen, aber es waren nicht einmal
Pläne zu finden. Die Bauunternehmen hatten
seitdem den Besitzer gewechselt …"

Daniel stöhnte.

„Es muss doch wenigstens einen auf dieser Insel
geben …"

„Warte! Wenn ich mich recht erinnere, ist der
Skandal aufgeflogen, weil ein Gemeinderat sich
dahintergeklemmt hat. Aber er ist gegen Wände
gelaufen und nachdem man seine Familie bedroht
hat, gab er auf", sagte Gabriel.

„Sein Name?"

„Tsitsipas. Er wohnt in Tagoo!"

„Meinst du, er spricht mit mir?"

„Wenn ich mitgehe, schon. Und wenn du deine
Kulleraugen rollen lässt…", sagte Gabriel und
schmunzelte.

„Meine Geheimwaffe", antwortete Daniel und
lachte.

Ja, dachte Gabriel. Er ist es. Er ist der Richtige. Du
musst dich damit abfinden.

„Pa Me", sagte Gabriel. Gehen wir.

35

Fasziniert beobachtete Daniel, wie per Knopfdruck das Gestänge den Rollstuhl vom Dach direkt vor die geöffnete Autotüre herunterschwenkte.

„Das war bestimmt nicht billig", sagte Daniel.

„Keine Ahnung. Das Auto stand eines Morgens vor der Türe. Angelos hat alles bezahlt. Du hast keine Ahnung, was für ein Glückspilz du bist", antwortete Gabriel.

„Glaube mir: ich weiß es!"

Das Haus von Kostas Tsitsipas war ein Anachronismus. Ein baufälliges Haus, eingezwängt zwischen zwei seltsam aussehenden Klötzen.

„Tja. Jede Generation war wohlhabender als die vorhergehende und hat ein Stockwerk draufgebaut. Das Ergebnis sind diese Monstren, die irgendwann einmal zusammenbrechen", sagte Gabriel.

„Ohne Baugenehmigung?"

„Rhetorische Frage", antwortete Gabriel.

Kostas Tsitsipas war ebenso ein Anachronismus, ein Relikt vergangener Zeiten.

Als Daniel ihn sah, dachte er unweigerlich an einen Olivenbaum: schief und knorrig.

„Yassu, Kostas. Das hier ist …"

„Der neue Liebhaber unseres Bürgermeisters", ergänzte Tsitsipas.

„Ehemann", korrigierte ihn Daniel.

„Na, das ging aber flott", meinte Kostas.

„Ich war ein ‚Black Friday'-Angebot und der Herr Bürgermeister musste sich schnell entscheiden", sagte Daniel.

Gabriel prustete los.

„Wir hätten ein paar Fragen zu Vorgängen in den Achtzigern", fuhr Daniel fort. „Ins besonders der seltsame Kanal zu einer Kläranlage, die nie gebaut wurde, interessiert uns."

„Goldgräberzeiten. Der Wilde Westen in Griechenland. Die EU spülte Geld ins Land und die Reichen leiteten die Moneten in ihre Taschen. Wurde doch etwas gebaut, war es nur Mist", knurrte Kostas Tsitsipas.

„Kostas saß für die extreme Linke im Gemeinderat", erklärte Gabriel grinsend.

„Sag ruhig Kommunist. Ich bin stolz darauf. Nur wir haben versucht, den Sumpf trockenzulegen! Aber als sie angefangen haben, unsere Familien zu bedrohen, hatte ich die Schnauze voll! Die Kanal-Affäre war noch harmlos im Vergleich zu der periferil. Es war die größte Infrastrukturmaßnahme und deswegen gab es auch viel zu verdienen. Wenn ich mich recht erinnere, wurde die Streckenführung zwölf Mal verändert. Jedes Mal, wenn dieses korrupte Schwein Theodorakis einen neuen Umschlag eingesteckt hat, wurde eine neue Linie gezeichnet. Die Straße wurde zur Achterbahn!"

„Theodorakis war der damalige Bürgermeister", erklärte Gabriel.

„Der größte Gauner aller Zeiten. Ein Reeder hate ein großes Grundstück, allerdings einhundert Meter von der Umgehung entfernt. Schwupps – und schon war

eine neue Delle in der Streckenführung. So konnte
der Reeder das Grundstück in fünf Parzellen für
gewerbliche Nutzung umwandeln. Abseits der Straße
wäre das Grundstück nicht mal einen Bruchteil wert!"
„Der Kanal, Kostas. Der Kanal", insistierte Gabriel.
„Ach, die Jugend. Immer direkt drauf los. Dabei
kommt man einer Lösung näher, wenn man sich
gründlich der Vergangenheit widmet. Dauert länger,
führt aber zum Ziel!"
„Der Kanal, Kostas. Wir interessieren uns vor allem für
die Frage, wer einen Schlüssel für die Luken hatte.
Nein, heute noch haben könnte", korrigierte sich
Gabriel.
Kostas grinste.
„Was habe ich denn gerade gesagt? Der Schlüssel
ist die Umgehung. Am Schlimmsten traf es Vasilios
Sloukas. Seine Familie lebte schon seit der Türkenzeit
auf dem Grundstück in der Senke hier unten!"
Er deutete hinunter auf die Straße, auf der sich der
Verkehr staute. Bis zum Bau führte nur ein
Schotterweg zu Vasilios´ Anwesen, vollkommen
abgelegen. Dann begann man mit der Planung und
zunächst führte die Straße vorbei – bis ein Bauunter-
nehmer, der selbst am Bau beteiligt war, ein
Grundstück ein Stück oberhalb erwarb und die
Straße urplötzlich einen Knick nach links machte und
durch Vasilios Hof´ hindurchführte. Und sie brauchten
den ganzen Grund und Boden. Man enteignete ihn.
Neun Hektar. Armer Kerl", sagte Kostas.
„Der Kanal", meinte Gabriel.
„Zuhören, Herrgott. Vasilios wurde ein Ausgleichsgrundstück oberhalb von Ornos angeboten. Hinter

der Felsgruppe und damit wertlos. Damals. Vasilios konnte sich von seinem Haus nicht trennen. Er hat sich erhängt. Und sein kleiner Sohn hat ihn gefunden!"

„Vasilios Sloukas hat sich erhängt, weil er sein Grundstück verloren hat? Er bekam ein Neues. Manche betrachten das als Chance", sagte Daniel.

„Das ist euer Fehler, junger Mann. Für euch ist Mobilität etwas Positives, doch es entfernt einen von seinen Wurzeln. Man wird haltlos. Ich kann Vasilios verstehen. Ich wüsste nicht, wie ich reagieren würde, vertriebe man mich. Man hat es schon mehrmals versucht, aber Ihr Ehemann hat es verhindert. Er hat den Interessenten klar gesagt, dass es keine Genehmigung für einen größeren Bau geben würde. Deswegen bin ich noch immer hier!"

„Ich sehe noch immer nicht, was das alles mit dem Kanal zu tun hat", knurrte Gabriel.

„Ganz einfach: der Kanal liegt auf dem Ausgleichsgrundstück. Dort, wo jetzt diese beiden schrecklichen Häuser liegen. Vasilios´ Sohn hat es geerbt. Er ist von seiner Tante adoptiert worden und hat deren Namen angenommen. Jetzt hieß er Christos Malos!"

Kostas lächelte triumphierend.

„Unser Urologe?", fragte Gabriel.

„Genau der. Sein Haus und seine Praxis stehen auf einem Rest des ehemals riesigen Grundstücks. Und daher hat er sicherlich einen Schlüssel für die Luken!"

36

Gabriel und Daniel saßen im Auto und schauten sich nur an. Keiner sagte ein Wort. Erst nach einer Minute stellte Daniel die Frage der Fragen.

„Ich mag mich ja nicht in ältere Menschen hinein-versetzen können, aber zwei grausame Morde wegen einer Geschichte, die vierzig Jahre zurück-liegt? Das wäre aber verdammt späte Rache. Das ist mir als Motiv zu dünn!"

„Da muss noch mehr sein. Etwas Aktuelles, das die Geschichte mit seinem Vater wieder hochkommen ließ – gesetzt den Fall, Christos ist der Täter. Aber er ist Arzt!"

„Wäre nicht der erste Arzt, der mordet. Und neun Hektar in einer heutigen Top-Lage. Außerdem muss der Täter über medizinische Vorkenntnisse verfügen, sonst hätte er das Blut nicht ablassen können, ohne eine Riesensauerei zu hinterlassen. Schau doch mal im Netz, was unser Urologe für eine Ausbildung hat", sagte Daniel zu Gabriel.

Der tippte auf seinem iPad herum.

„Bingo. Er ist nicht nur Urologe, sondern auch Gefäß-chirurg", sagte Gabriel.

„Er hatte also die Fähigkeit, die Gelegenheit – fehlt noch ein überzeugendes Motiv. Ich würde sagen, ich frage ihn einfach", schlug Daniel vor.

„Bist du irre? Wenn er tatsächlich der Vampir ist: glaubst du, er gesteht einfach so? In einer Praxis liegt genügend Zeug herum, um jemand zu töten!"

„Ich gehe einfach als Patient zu ihm!"

„Natürlich. Der Ehemann des Kommissars braucht dringend einen Termin. Wie unauffällig!"

„Die ganze Insel weiß, dass Angelos einen Penis der Marke ‚Koloss' besitzt, also ist es nicht abwegig, dass ich wegen Schmerzen im Hinterstübchen zum Arzt muss", meinte Daniel grinsend.

„Das klingt fast so, als würdest du dich beschweren", sagte Gabriel.

„Mach dir keine Hoffnungen. Außerdem kann ich mich sehr wohl wehren. Ich habe bei der Armee Krav Maga gelernt. Du weißt, was …"

„Natürlich weiß ich das. Eine Kampftechnik, bei der man lernt, Gegenstände effektiv als Waffe einzusetzen und nicht nur den Körper. Dennoch: Alleine ist es viel zu gefährlich. Und du weißt, dass Angelos es niemals erlauben würde!"

„Genau deswegen musst du mir zwei Stunden verschaffen und ihn solange ablenken. Wenn er erfährt, dass ich alleine mit dem mutmaßlichen Vampir in einem Raum bin, wird er im Alleingang das Haus stürmen. Das würde alles kaputtmachen, abgesehen davon ist er dazu nicht in der Lage. Also wirst du ihm einen Besuch abstatten und unterhalten – bis ich fertig bin!"

„Nimm wenigstens eine Waffe mit", sagte Gabriel.

„Ich habe im Kofferraum eine Beretta!"

„Wie unauffällig. Jeder Patient nimmt zu seinem Arzttermin eine Waffe mit", spöttelte Daniel.

„Wenn wir wenigstens Knöpfe im Ohr hätten, aber die liegen …"

„…bei uns zuhause. Wir verlieren nur Zeit!"

„Ich bin immer noch dagegen!"

„Herrgott. Er könnte jederzeit wieder zuschlagen. Ich mache das doch nicht, um irgendjemand etwas zu beweisen. Ich will Angelos einfach nur helfen. Sollte ich recht haben, soll er den Rest machen. Und wie gesagt: die Zeit drängt! Und nun fahr!"

Mit einem Knurren fuhr Gabriel von Tagoo aus über die zwei Kreisverkehre Richtung Ornos. Vor dem steilen Stück der Umgehung hinunter nach Ornos, bog er links ab. Die Villen des Russen und des Saudis warfen riesige Schatten.

„Und weg war die Sonne für die Nachbarn. Wie kann man so etwas genehmigen?"

„Angelos hat alles versucht, aber da war zu viel Politik und Geld im Spiel", sagte Gabriel.

Am Ende des Grundstücks stand ein im Ver-gleich kleines Häuschen auf einem eingezäunten Streifen.

„Das Haus hat gerade noch draufgepasst", stellte Daniel fest. „Also: du unterhältst jetzt Angelos und ich melde mich!"

„Wie denn, wenn er dich ins Jenseits spritzt? Oder dir Chloroform aufs Gesicht drückt und dich dann ausbluten lässt?"

„Du verstehst dich darauf, jemand Mut zu machen", sagte Daniel und stieg aus.

Gabriel sah ihm nach.

Mutig ist er ja, dachte er.

37

Daniel wusste es, als er Christos Malos sah. Der Mann war gerade mal vierzig, doch jeder, der ihn an diesem Tag gesehen hätte, wäre überzeugt gewesen: der Mann steht kurz vor der Rente.

Hinzu kam der Blick: erloschen.

Wenn der Arzt angesichts des Namens Nikakis beunruhigt war, dann zeigte er es nicht. Oder es war ihm egal.

„Nikakis? Verwandt mit dem Bürgermeister?", fragte Malos emotionslos.

„Der Ehemann", sagte Daniel.

„Ah. Wie kann ich Ihnen helfen?", fragte der Arzt. Sein Gesicht zeigte aber deutlich, dass ihn die Antwort nicht interessierte.

„Mein Ehemann ist mit einem großen Geschlechtsteil gesegnet …", begann Daniel.

„…das kann jeder sehen. Ich habe schon Ihren Vorgänger behandelt", meinte Malos. „Dann ziehen Sie mal die Hose aus. Legen Sie sich bitte auf die Liege, Kopf zur Wand."

Daniel zögerte. In wenigen Sekunden scannte er das Zimmer. Was konnte ihm gefährlich werden? Er erkannte: alles. Selbst der Blumentopf würde zum Schädelspalten reichen.

„Bitte", sagte Malos. „Das ist doch nicht das erste Mal!"

Den Mutigen gehört die Welt, dachte Daniel, zog die Jeans aus und legte sich auf die Liege.

„Es dauert noch einen Moment. Das Gerät ist beheizt", sagte Malos.

„So lange es kein Tauchsieder ist", sagte Daniel und kicherte.

„Ist es nicht", antwortete der Arzt und führte die Kamera ein.

„Sind Sie schon drin?", fragte Daniel.

„Ja. Bitte nicht bewegen!"

Daniel wartete auf den Schlag, aber es tat sich nichts.

Entweder ahnte Malos nichts oder es war ihm egal. Viel Schlimmer aber wäre, wenn er gar nicht der Täter ist.

„Nun, Herr Nikakis. Ihr Mann hat offensichtlich alles freigeräumt bei Ihnen. Aber es gibt keine sichtbaren Verletzungen. Sie sind ja auch noch jung. Mit zwanzig ist man anpassungsfähig", sagte Malos – wieder ohne Anzeichen von Humor.

„Ich bin dreißig", entgegnete Daniel.

„Oh, Sie sehen viel jünger aus. Dann verfügen Sie über gute Gene. Sie können sich wieder ankleiden. Sollte doch einmal etwas reißen oder Blut im Stuhl sein, kommen Sie vorbei. Kann ich sonst noch etwas für Sie tun?"

Daniel schaute auf die gegenüberliegende Wand.

„Das Foto. Das ist eine wunderschöne Frau, wenn ich das sagen darf!"

Malos´ Blick verfinsterte sich.

„Meine verstorbene Tochter", sagte der Arzt mit belegter Stimme.

Daniel hielt die Luft an.

Das war es. Das musste es sein. Der Dominostein, den man aufstellen musste, damit die ganze Schlange zum Umfallen gebracht wird.

„Ich entschuldige mich für meine Taktlosigkeit", sagte Daniel.

„Das konnten Sie nicht wissen!"

„Sie sieht sehr jung aus", sagte Daniel, um das Gespräch in Gang zu halten.

„Sie war neunzehn, als sie starb", erzählte Malos und ließ sich in den Sessel fallen.

„Schlimm. Und wann war das?"

Daniel rechnete mit einem „Das geht Sie gar nichts an", doch es kam anders:

„Vor zwei Jahren!"

Passt, dachte Daniel. Es ist so weit.

„Danach haben Sie beschlossen, sich zu rächen, nicht wahr? Ihren Vater und Ihre Tochter!"

Die Zeit schien stillzustehen.

Dann sagte der Arzt:

„Endlich. Ich habe mich schon gefragt, wie lange es noch dauert, bis ich erlöst werde!"

38

Ich kenne die Geschichte Ihres Vaters", sagte Daniel.
„Es ist eher meine Geschichte. Oder die meiner Familie. Kennen Sie den Namen Maria Mavrogenous?"

„Natürlich. Sie führte den Freiheitskampf der Mykonier gegen die Türken an. 1822, wenn ich mich recht erinnere!"

„Bravo, junger Mann. Sie versteckte sich immer im Kellerloch unseres Hauses. Das Gebäude war nicht nur Teil meiner Familiengeschichte, sondern gehörte auch zum Erbe dieser Insel. Zunächst sollte diese neue Straße an unserem Grundstück vorbeiführen, doch dann ließ sich Theodorakis erneut bestechen und das Monstrum führte plötzlich durch unser Wohnzimmer. Mein Vater hat sich mit allen Mitteln gewehrt, doch gegen das System kam er nicht an! Neun Hektar – die ganze Senke. Uralte Olivenhaine. Selbst Weinstöcke …"

„Ich kenne das System. Mein Mann rennt täglich gegen diese Mauer!"

„Ja. Wäre er damals Bürgermeister gewesen, hätten … ach, lassen wir das", sagte Malos und winkte ab.

„Dann kam der Tag der Enteignung", versuchte Daniel, das Gespräch voranzutreiben – hin zu den Lücken, die er bisher nicht füllen konnte.

„Ich wollte in die Scheune, um meinen Ball zu holen. Ich war acht Jahre alt. Als ich hineinging, hing dort mein Vater. Ich habe das Bild noch immer vor

Augen. Jeden Tag. Noch immer sehe ich, wie er dort hängt. Der Fleck auf der Hose und der Gestank von Urin und Kot. Dann kam Theodorakis herein und machte auf dem Absatz kehrt. Stundenlang stand ich in der Scheune. Gott sei Dank ist er zu jung, um das alles zu begreifen, sagten die Alten. Dabei hatte sich das Bild so eingebrannt, dass ich es nie mehr los wurde!"

„Aber bei allem Respekt: Ihr Vater bekam ein Ausgleichsgrundstück!"

Malos schnaubte.

„Meine Familie lebte seit über zweihundert Jahren auf dieser Scholle. Außerdem war das Ersatzgrundstück keinen Pfifferling wert. Damals!"

Malos holte tief Luft.

„Heute ist es eine Toplage Neun Hektar bei 2.000 pro Quadratmeter. Aber das konnte man in den Neunzigern nicht ahnen!"

Pause.

„Es ist gerade mal dreißig Jahre her und ich erkenne meine Heimat nicht wieder", knurrte Malos.

„Ihre Taten sollten also Ihren Vater und Ihre Tochter rächen", sagte Daniel, doch Malos schüttelte den Kopf.

„Nein. Mein Vater wurde gerächt. Theodorakis landete Jahre später gefesselt in einem Schweinestall. Und Sie wissen, was hungrige Schweine mit einem Menschen machen!"

„Aber Sie hatten mit diesen Taten nichts zu tun, oder?"

„Nein. Theodorakis war regelrecht verhasst. Sie werden mir verzeihen, dass ich keine Trauer empfand!"

„Sie waren nach dem Tod Ihres Vaters Waise", stellte Daniel fest.

„Ja. Meine Tante nahm mich auf und adoptierte mich. Sie tat alles, um mir ein halbwegs normales Leben zu ermöglichen. Leider starb sie früh. Aber da war ich schon an der Uni in Athen und studierte Medizin!"

„Fachrichtung Urologie – und Gefäßchirurgie", unterbrach ihn Daniel.

„Ja. Und ich lernte meine Frau kennen. Wir zogen hierher, bauten ein kleines Haus, mit der Option, es später zu vergrößern. Das Grundstück war ja riesig. Dann kam meine Tochter Irini zur Welt. Unser Glück schien perfekt!"

„Sie hatten Ihr Trauma überwunden!"

„Man überwindet so etwas nie, sondern man lernt, damit zu leben!"

„Dann zerbrach das Glück. Ich nehme an, das passierte, als Andrei Stepanow auf der Bildfläche erschien", sagte Daniel.

„Der Teufel persönlich. Ich konnte Russen schon vorher nicht leiden!"

„Dann würden Sie sich mit meinem Mann gut verstehen!"

39

„Was machst du denn hier?", fragte Angelos, als Gabriel vor der Türe stand, besser: in seinem Rollstuhl saß.

„Ich freue mich auch, dich zu sehen", antwortete Gabriel. „Das Rathaus bricht ohne uns zwei nicht zusammen!"

„Entschuldige, ich bin auf den Kopf gefallen, im wahrsten Sinne. Komm rein. Ich mache Espresso!"

„Solltest du nicht im Bett liegen?", fragte Gabriel. „Hat dir dein Chef nicht eine entsprechende Weisung erteilt?"

„Hat er. Aber es ist so furchtbar langweilig. Ich kann mich nicht erinnern, wann ich das letzte Mal einen ganzen Tag nichts getan habe!", knurrte Angelos.

„Mit einer Gehirnerschütterung ist nicht zu spaßen!"

„Wollte Daniel nicht zu dir ins Rathaus?"

Achtung, Glatteis, dachte Gabriel.

„War er auch. Er hat Akten durchwühlt. Dann habe ich ihn zu einer Pause genötigt und in unsere Kantine gezerrt!"

„Also ins ‚Da Vinci'", sagte Angelos und lachte.

„Natürlich. Ich muss sagen, im Gegensatz zu Khaled und Yariv habe ich an Daniel nichts auszusetzen. Yariv war mir zu phlegmatisch, obwohl man das als Künstler vielleicht sein muss. Und Khaled … darüber brauchen wir ja nicht zu reden!"

„Danke, dass du mich an meine Irrtümer erinnerst. Deine nächste Beförderung ist damit schon Geschichte", sagte Angelos und grinste.

„Aber ich freue mich, dass du meine Wahl gutheißt. Das ist wie ein Ritterschlag!"

„Er ist clever, ohne arrogant zu sein. Und ich glaube ihm, wenn er sagt, dass er versucht, den Fall zu lö .., äh, voranzubringen, um dir einen Gefallen zu tun. Es geht ihm nicht darum, dir etwas zu beweisen!"

„Ich weiß. Aber ich bin nicht gerade glücklich über meinen Hausarrest. Ich habe Sorge, dass der Vampir ein drittes Mal zuschlägt. Dabei haben wir keinerlei Anhaltspunkt. Ehrlich gesagt: ich glaube, ich habe mich verrannt und viel Zeit verschwendet!"

Gabriel grinste.

„Was ist daran so lustig?"

„Es wird keinen dritten Mord geben. Da bin ich mir sehr sicher!"

„Würdest du mir verraten, woher du deinen Optimismus nimmst?"

„Daniel hat eine Spur aufge ...", begann Gabriel, doch Angelos unterbrach ihn.

„WO IST ER?"

„Beruhige dich. Er weiß, wer der Vampir ist. Er dürfte Christos Malos gerade zum Geständnis drängen", sagte Gabriel.

„CHRISTOS MALOS?", rief Angelos. „UNSER UROLO-GE? Wie?"

„Ganz ruhig, Angelos. Es fehlen noch ein paar Teile im Puzzle, aber die setzt Daniel gerade ein!"

„ER IST ALLEIN BEI IHM? BIST DU VERRÜCKT?"

Angelos sprang auf. „LOS! Wir müssen sofort hinfahren. Was, wenn Malos Daniel etwas antut?"
„Ich war auch nicht begeistert, aber man kann ihm schlecht etwas abschlagen!"
Plötzlich brummte Gabriels Handy.
„Ah. Daniel. Eine Message: ER HAT GESTANDEN. ALLES GUT. LAUFE GERADE DEN BERG HINUNTER!"

40

Dann trat also Stepanow in Ihr Leben", sagte Daniel.
„In unser aller Leben. Zunächst kam sein Anwalt, um mir mitzuteilen, sein Boss möchte die westliche Hälfte des Grundstücks erwerben. Ich habe ihm deutlich gemacht, dass ich keinen Quadratmeter verkaufen werde!"
„Warum eigentlich nicht?"
„Haben Sie mir vorhin nicht zugehört? Wir haben einmal unser Familienanwesen verloren. Ein zweites Mal sollte das nicht passieren. Außerdem wollte ich dieses Haus erweitern, einen großen Garten anlegen. Einen Teil wollte ich für meine Tochter freihalten, sobald sie eine eigene Familie hat. Das hat sich jetzt erledigt", sagte Malos.
„Beim Hinausgehen sagte der Anwalt: ‚Ich fürchte, Sie werden das noch bereuen, Doktor!'

Er sollte recht behalten. Das nächste Mal kam Stepanow persönlich. Ein primitiver, ungehobelter Mann, nein, Kreatur trifft es besser. Erst knallte er mir mehrere Bündel 500-Euro-Scheine auf den Tisch, aber ich habe nochmals abgelehnt. Er sagte nur: ‚Falsche Antwort' und ging."

Dann blieb Malos für eine gefühlte Ewigkeit still.

„Am nächsten Tag wurde Irini entführt. Sie war ein Jahr zuvor nach Athen gezogen, um mit dem Studieren anzufangen. Abends bekam ich den Anruf, ich solle das Grundstück hergeben, wenn mir am Leben meiner Tochter etwas liegt!"

„Warum sind Sie nicht zur Polizei?", fragte Daniel ungläubig.

Malos lachte auf.

„Zur Polizei in Athen? Machen Sie sich nicht lächerlich!"

„Sie hätten sich an meinen Mann wenden können. Den interessieren Zuständigkeiten nicht. Zudem hat er eine angeborene Abneigung gegenüber Russen!"

„Das Risiko war mir zu groß. Ich habe den Vertrag unterschrieben und nach dem Notartermin kam Irini frei!"

Malos schluckte.

„Aber es war nicht mehr meine Irini. Die Schweine haben sie drei Tage lang gequält und vergewaltigt. ‚Das passiert, wenn man den Männern des Kremls widerspricht!'"

„Oh Gott. Das arme Mädchen", sagte Daniel.

„Sie hat gekämpft – mit den Erinnerungen an die Horrornächte, mein tapferes Kind!"

Malos liefen die Tränen über die Backe.

„Sie schien es zu packen, setzte ihr Studium fort. Aber wie es oft ist: das Grauen kam mit Zeitversetzung zurück. Ich hatte es im Gefühl, an jenem Tag. Irini war nicht zu erreichen. Ich bin sofort nach Athen geflogen und zu ihrer Wohnung gerast. Sie lag in der Badewanne, in einem Meer von Blut. Sie sah aus wie eine Prinzessin aus Wachs. Auf dem Kosmetiktisch lag ein Zettel mit nur einem Wort: Verzeih! Können Sie sich das vorstellen? Sie bat mich um Verzeihung?"

„Daher das Blutablassen bei Ihren Opfern. Die anderen Väter sollten auch nur Wachsfiguren beerdigen können. Aber an diesem Abend müssen Sie die Polizei verständigt haben", sagte Daniel.

„Ja. Der Kommissar war zwar verständnisvoll, meinte aber, er könne nichts machen. Die ursächliche Entführung lag zu weit zurück. Ich hätte gleich die Polizei verständigen müssen, aber dann wäre sie bereits da gestorben. Der Kommissar hat sich auch nicht sehr für die Methoden von Stepanow interessiert. Im Übrigen kennen Sie den Polizisten!"

„ICH? Ich kenne in Athen niemanden", sagte Daniel verwirrt.

„Sein Name war Yariv Markaris. Ihr Vorgänger an der Seite Ihres Mannes!"

Daniel starrte Malos an. Darüber würde er mit Yariv noch ein ernstes Wort sprechen müssen.

„Danach war ich schon tot", sagte Malos.

„Und dann beschlossen Sie, Rache zu üben. Als Vampir!"

Wider Erwarten schüttelte Malos den Kopf.

„Nein. Dazu war ich nicht fähig. Noch nicht.

Dann begann es in meiner Ehe zu kriseln. Jeder trauert auf seine Weise. Und meine Frau hat mir vorgeworfen, schuld am Tod unserer Tochter zu sein. Ich kann es ihr nicht verübeln. Die wenigsten Ehen überstehen eine solche Tragödie. Und dann kam der nächste Knall. Diese Knallcharge des Prinzen erschien bei mir und forderte das restliche Grundstück. Der kleine Streifen würde mir doch genügen, ich müsste nur mehr nach oben bauen. Dieser ölige Bastard grinste nur!"

„Ich kenne den Herrn. Bei uns heißt er Mr. Brioni, aber Sie haben recht. Er ist ein Arschloch vor dem Herrn", sagte Daniel.

„Dann sagte er, er habe von Herrn Stepanow erfahren, dass ich ein harter Verhandlungspartner sei und dass man Überzeugungsarbeit leisten müsse. Da wusste ich, dass meiner Frau das gleiche Schicksal drohte wie meiner Tochter. Ich habe sie sofort zum Flughafen gebracht und in den nächsten Flieger gesetzt. Der ging nach Bologna. Aber man entkommt denen nicht. Sie sind überall, wie ein Krake. Und wir haben den Zeitpunkt verpasst, ihnen die Grenzen aufzuzeigen", sagte Malos.

„Spätestens jetzt hätten Sie zu Angelos gehen können. Er hat Verbindungen, die die Polizei normalerweise nicht hat", meinte Daniel.

„Oh, das hatte ich vor. Ich stand unten vor seinem Haus. Und dann kam ein Mann heraus: es war der Kommissar, der am Abend von Irinis Tod in Athen so lustlos und uninteressiert war. Er war mittlerweile der Ehemann von …"

Daniel hob nur die Hand.

„Ich habe es verstanden!"

„Sie haben sie in Bologna aufgespürt und ihr zur Warnung einen Finger abgeschnitten. Natürlich habe ich das Grundstück hergegeben. Aber diesmal bekam ich nicht mal Geld. Ich solle froh sein, dass man meine Frau nicht in Scheiben geschnitten hat!" Malos atmete tief ein.

„Natürlich hat sie mich sofort verlassen. Kann ich verstehen. Dabei hätte ich das Grundstück sofort hergegeben!"

„Man wollte Ihnen zeigen, dass sie machen können, was sie wollen. Unbehelligt. Willkürlich!"

„Genau. Es war kein Handel mehr: Tausche Leben gegen Grund und Boden. Die Herren führen sich auf, als wären sie Gott!"

„Als Ihre Frau dann weg war…", begann Daniel.

„…war mein Leben beendet – und der Vampir geboren", sagte Malos.

41

Aber die Kinder konnten doch nichts für die Taten ihrer Väter", sagte Daniel.

„Falsch. Die Brut ist dieselbe. Außerdem war meine Tochter tot, meine Frau fort: die Würfel waren gefallen!"

„Also haben Sie beschlossen, Julia zu entführen!"

„Nein, ich habe beschlossen, sie zu töten. Die Entführung diente nur dazu, Zeit zu gewinnen", sagte Malos.

„Sie wussten von Julias Beziehung zu Spiros?"

„Natürlich. Die beiden trafen sich regelmäßig, ohne dass ihr Vater es wusste. Und es lief immer nach dem selbem Schema ab: Zehn Minuten vor Abfahrt standen ihre Leibwächter vor der Türe. Dann fuhren sie los und in der Stadt ist Julia diesen Trotteln entwischt. Aber die Leibwächter konnten es Stepanow nicht sagen, also haben sie das Spiel mitgemacht. Ich war immer nahe dran an Julia und Spiros. Ich saß sogar im Café neben ihnen. als sie vereinbarten, sich am nächsten Tag im Hafen zu treffen."

„Und jetzt ist er tot", sagte Daniel vorwurfsvoll.

„Was aber nichts mit mir zu tun hat. Stepanow hätte den Jungen ohnehin beseitigt. Schließlich hat Spiros seine Tochter entjungfert. Diese Sorte Mensch, meist primitiv, glaubt ja, ihre Kinder müssten standesgemäß heiraten. Zum Totlachen. Die meisten dieser Gauner haben nicht mal einen Schulabschluss!"

„Und der Abend im Hafen?"

„Geplant war die Entführung nicht für diesen Abend. Es ergab sich. Zuerst sah es so aus, als würde gar nichts passen. Julia kam zu früh, Spiros auch. Sie winkte ihm: also war die Chance vertan. Doch sie stand noch an der Anlegestelle und Spiros mit seinem Wagen in der Parkzeile hinter mir. Ich hatte in der Buszone angehalten. Plötzlich ging alles ganz schnell. Zwei Busse kamen, genau in dem Moment, als Julia an meinem Van vorbeilief. Spiros konnte sie nicht sehen. Ich riss die Türe auf, presste ihr das Chloroformtuch aufs Gesicht und drin war sie. Aber ich blieb noch stehen und schaute zu, wie Spiros den ganzen Parkplatz absuchte, sichtlich verwirrt, wohin Julia verschwunden war!"

„Und die Busspur liegt außerhalb des Kamera-bereiches", sagte Daniel.

Der Arzt grinste.

„Ich habe mich vorbereitet. Hass ist wie ein Booster. Besser als Amphetamin!"

Malos grinste.

„Ich habe gewartet. Sehen konnte mich niemand im Inneren des Fahrzeuges. Dann bin ich mit Julia weg", sagte Malos. „Sie hat nicht gelitten, wenn Sie sich das fragen. Sie war die ganze Zeit betäubt!"

„Und wo haben Sie sie getötet?", fragte Daniel.

„In meiner Praxis. In die Garage rein, durch die Verbindungstür in die Praxis. In dem Haus lebt ja niemand mehr. Später bin ich dann nach Metallia gefahren und habe Julia in St. Barbara abgelegt! Die Gefahr, dass mich dort jemand sieht, war gleich null. Das Wetter war unterirdisch!"

„Und diese 500-Euro-Scheine? Ich nehme an, sie stammten aus dem Kuvert, das Stepanow Ihnen ganz am Anfang gab! Aber warum der Vampirbiss?"

„Verwirrung stiften. Es sollte ja noch ein zweites Opfer geben. Und bis dahin brauchte ich ein Zeitpuffer!"

„Eines verstehe ich nicht. Stepanow hätte doch wissen müssen, dass Sie einen Groll hegen. Dass Ihre Tochter tot ist. Sie waren der naheliegendste Ver-dächtige!"

Malos lachte.

„Irrtum. So ticken diese Leute nicht. Die Angelegenheit war bereits ein paar Jahre her. In der Zwischenzeit schafft sich jeder dieser Kriminellen neue Feinde. Aber sie halten sich für unangreifbar. Sie glauben, niemand wagt es, sie anzugreifen. Und ich war nur eine Made, ein renitenter Eingeborener. Aber das Wichtigste: meine Tochter starb ja nicht bei der Entführung, sondern erst später als Folge des Traumas. Von dem Blutbad wusste niemand: außer meiner Frau, ich und dem Kommissar!"

„Und dann war der kleine Saudi dran", sagte Daniel. „Aber mit dem Kanal haben Sie sich verraten!"

„Verraten? Nein. Damit war es beendet. Ich hatte mein Ziel erreicht. Mein einziger Fehler war, dass ich den falschen Jungen erwischt hatte. Es war nicht der richtige Sohn des Prinzen, sondern ein Bastard. Ein Produkt eines Verhältnisses des Prinzen mit seiner jordanischen Haushälterin. Deswegen wird sich auch die Trauer sehr in Grenzen gehalten haben, nehme ich an!"

„Ja. Das war tatsächlich seltsam!"

„So sind sie. Vor fünfzig Jahren haben sie in der Wüste hinter den Baum geschissen. Dann kommen die Amis, setzen ihnen eine Krone auf und schon sind sie Mitglieder einer Dynastie. Was für ein Witz! Sie und diese russischen Gauner stehen auf einer Stufe. Dann kommen sie hierher, nehmen uns Einheimischen alles weg und benehmen sich, als wäre Mykonos Russland oder Saudi-Arabien!"

Malos hatte sich in Rage geredet. Erst als er sich wieder beruhigt hatte, fragte er:

„Und? Was passiert jetzt? Verhaften Sie mich?"

„Nein. Das könnte nur Angelos. Allerdings weiß ich nicht, ob Sie das wollen. Sehen Sie: Sie könnten flüchten. Mich niederschlagen und weg. Aber wohin? Da sind ein russischer und ein saudischer Vater, die sich darum streiten werden, wer Sie zuerst in den Folterkeller bekommt. Vielleicht einigen sich die beiden, wer welche Hälfte bekommt. Und flüchten ist heutzutage nicht mehr so einfach. Überall hinterlässt man Spuren. Hier eine Kreditkarten-Buchung, dort ein Prepaidhandy. Und Bargeld? Bekommt man in großen Mengen gar nicht, geschweige denn, dass man es irgendwo einführen darf. Und wenn wir Sie verhaften? Glauben Sie, man würde Sie im Gefängnis beschützen können? Einen Kindesmörder? Und dann wären da immer noch die Väter. Eines Tages bekommen Sie statt Spaghetti Bolognese Spaghetti Polonium oder man schleppt Sie in die Dusche und rammt Ihnen einen Besenstiel mit Rasierklingen in den Hintern. Alles keine schöne Aussichten", sagte Daniel.

„Das alles war mir schon vor Ihrer schönen Rede klar. Wie anfangs bereits gesagt: ich bin schon tot. Ich möchte Sie nur um einen kleinen Gefallen bitten: ich habe meine Tochter auf Syros beerdigen lassen. Ich wollte nicht, dass es jemand erfährt. Wir haben allen erzählt, sie studiere noch in Athen. Ich würde gerne noch einmal das Grab besuchen, um mich zu verab-schieden. Ich werde nicht flüchten. Es würde keinen Sinn machen und Sie können gerne mit. Das wäre mein letzter Wunsch", sagte Malos. „Danach würde ich hierherkommen und das tun, was das Beste ist!" Daniel schaute zu Boden und seufzte.

„Sie haben drei Menschen umgebracht. Ein vierter Mord – und zwar der an Ihnen, wo und wann immer es dazu kommt – bringt die Toten nicht wieder zurück. Wenn ich es recht weiß, kommt die Fähre um 22 Uhr 30 hier an. Ich würde sagen, ich komme um Mitternacht vorbei und dann erwarte ich eine Leiche vorzufinden!"
Malos nickte nur und sagte:
„Danke!"

42

Leicht euphorisiert rauschte Daniel durch die Türe. „Hui. Bergrunter ist anstrengender als gedacht. Krieg ich einen Espresso?"
„BIST DU WAHNSINNIG?", schrie Angelos, fasste sich aber gleich an den Kopf.
„Wir sind ein Team, zumindest dachte ich das. Ich habe dir geduldig alles erklärt und was machst du? Legst ein Solo aufs Parkett und riskierst dein Leben – nur, um … Ja, warum eigentlich?"
„Ich habe es getan, um dir zu helfen. Du bist verletzt, also muss jemand den Fall zu Ende bringen. Ich wollte weder dir noch mir etwas beweisen. Ich habe es einfach gemacht", rechtfertigte sich Daniel.
„Und du, Gabriel, lässt ihn einfach gehen und lenkst mich hier ab? Das hätte ich nicht von dir gedacht!"

„Ich habe Daniel gesagt, dass es gefährlich ist und dass er eine Waffe mitnehmen soll. Aber ich sitze im Rollstuhl – meine Mittel sind begrenzt!"

„Aber ein Handy benutzen schaffst du schon, oder?"

„Ich hatte zumindest ein Schulterklopfen erwartet", meinte Daniel.

„Du hast mich hintergangen", rief Angelos.

„DU WARST KRANK!"

„Es hätte gereicht, um dir Rückendeckung zu geben. Wo ist Malos eigentlich?"

„Er müsste auf der Fähre nach Syros sein", sagte Daniel etwas kleinlaut.

„WAAAAS?", schrie Angelos. „Setz dich hin und sag mir genau, was ihr besprochen habt!"

Und das tat Daniel, fühlte sich aber mit jeder Minute unwohler.

„Du glaubst also, wenn du um Mitternacht hoch-fährst, liegt dort eine Leiche? Und weiß er, dass ich außer Gefecht bin?"

Daniel nickte nur.

„Wenn er überhaupt zurückkommt", knurrte Angelos.

„Wo soll er denn hin? Stepanow wird ihn jagen, der Saudi auch!"

Angelos verdrehte die Augen.

„Wer hat Malos´ Geständnis gehört?"

„Nur ich", sagte Daniel.

„Hast du es aufgezeichnet? Das Handy mitlaufen lassen? Nein. Also wird Malos weder von Stepanow noch von dem Saudi gejagt, weil sie von dem Geständnis nichts wissen, Herrgott!"

„Und wenn er dich tötet, gibt es überhaupt keinen Zeugen mehr. Die Indizien sind ohnehin dünn!", meinte Gabriel.

„Wir könnten Stepanow und dem Saudi etwas stecken, also informell!", schlug Daniel vor.

„Das wäre meiner Meinung nach Beihilfe zum Mord", sagte Gabriel. „Wenn Malos schlau ist, fährt er nach Piräus, schleicht sich von der Fähre und weg ist er!"

„Nein, Gabriel. Wichtiger ist für ihn, den einzigen Zeugen zu beseitigen. Er weiß, dass ich krank bin, spekuliert darauf, dass Daniel allein kommt. Aber wenn er auf Syros ist, haben wir Zeit, uns in seinem Haus einzurichten und zu warten!"

Daniel sagte nichts.

„Hör zu: die Idee, das Überprüfen, euer Besuch bei Kostas – das war gute Arbeit. Aber Mörder, die, wenn man sie mit ihren Taten konfrontiert, den Freitod wählen, sind selten. In der Regel siegt der Fluchtinstinkt, was bedeutet: man schießt auf den Polizisten", sagte Angelos.

43

Es war kurz nach Mitternacht, als die Türe aufging. Angelos´ Nerven waren zum Zerreißen gespannt. Daniel saß fünf Meter entfernt auf demselben Sessel, auf dem er am Nachmittag gesessen war.

„Ah. Sie sind schon da", sagte Malos. „Diese dumme Fähre hatte Verspätung, deswegen verschiebt sich der Zeitplan etwas!"

„Die Fähre war pünktlich", meinte Daniel.

„War sie das? Das spielt jetzt auch keine Rolle mehr. Dieses Mal bin ich vorbereitet. Heute Nachmittag war ich doch überrascht. Die Seeluft hat mir gutgetan und ich habe mich entschieden, doch den Versuch zu machen, mir ein neues Leben aufzubauen!"

„Natürlich mit Ihrer Frau, die Sie mitnichten verlassen hat", sagte Daniel.

Malos lachte.

„War aber eine schöne Geschichte und Sie haben sie geschluckt. Man hat ihr tatsächlich einen Finger abgeschnitten. Danach waren wir uns einig: wir ziehen das beide durch!"

„Ihre Frau hat Ihnen geholfen?", fragte Daniel.

„Aber natürlich. Sie war am Hafen dabei, hat mir bei den medizinischen Eingriffen geholfen. Ausgebildete OP-Schwester. Hätten Sie recherchieren können. Ihr Hass war vielleicht noch größer", sagte Malos.

„Und wo ist sie jetzt?", fragte Daniel.

„Netter Versuch. Tja. Zwischen mir und der Freiheit steht jetzt nur noch einer: Sie", sagte Malos, zog eine Waffe aus dem Hosenbund und zielte auf Daniels Kopf.

„Sie waren eine Spur zu selbstsicher. So ist die Jugend. Nun braucht unser hochgeschätzter Kommissar wieder einen neuen Mann!"

„Braucht er nicht", sagte Angelos, trat hinter der Tür hervor und schoss Malos in den Kopf.

„Letzte Lektion, Süßer: Mörder lügen mitunter!"

44

Du hattest recht. Ich habe mich von meinen Vorurteilen leiten lassen. Mich beruhigt nur, dass wir den zweiten Mord nicht hätten verhindern können!"

„Für den Tod des Jungen bleibe ich verantwortlich", sagte Daniel.

„Unsinn. Jeder Mensch, der Wache schiebt, ist schon einmal eingeschlafen. Die Monotonie gepaart mit Müdigkeit … Aber deine Vorgehensweise und deine Schlüsse: alles eines guten Kommissars würdig. Alles in allem bin ich sehr stolz auf dich", meinte Angelos und kuschelte sich auf dem Sunbed an Daniel.

„Gestern dachte ich, du filetierst mich!"

„Das war angebracht. Es war bodenlos leichtsinnig. Mach das nie wieder!"

„Ich werde einfach darauf achten, dass du nicht mehr auf den Kopf fällst. Wärst du auf den Schwanz gefallen, hätte der Beton nachgegeben", sagte Daniel und versuchte, vom Sunbed herunterzukommen, aber Angelos bekam ihn am rechten Bein zum Greifen.

„Du freches Scheusal!"

„Ich hätte noch eine Bitte", sagte Daniel. „Jetzt ernsthaft!"

„Prophylaktisch: nein", antwortete Angelos.

„Jetzt hör es dir wenigstens an. Jetzt, wo der Fall erledigt ist, hast du Arbeit als Bürgermeister. Ich hingegen … Schau: Yariv war Maler, ich kann nur mit Worten arbeiten!"

„Weiter", meinte Angelos.

„Ich möchte gerne einen Blog über deine Fälle schreiben!"

„Ah. Der Herr möchte Mr. Watson werden. Kannst du vergessen: du bringst mich damit in größte Schwierigkeiten. Meine Freundschaft mit Abu, einem Drogenhändler, meine Freundschaft mit dem Premier …"

„Angelos, glaubst du wirklich, ich würde dich in Schwierigkeiten bringen? So schlau bin ich schon, dass ich das wasserdicht mache!"

„Ich lese Korrektur und wenn mir etwas zu riskant erscheint, kommt es raus", schlug Angelos vor.

„Perfekt", sagte Daniel und strahlte.

„Die erste Headline habe ich schon: ‚Kommissar verliebt sich in Terroristen, fickt ihn dann aber zu Tode'!"

„DAS IST GELOGEN. SO WAR ES NICHT", sagte Angelos laut.

„Da hat mir Nikos etwas anderes erzählt", meinte Daniel und grinste.

„Noch einer, den du um den Finger gewickelt hast", knurrte Angelos.

„Seiner Aussage nach kam er an den Tatort und du warst vollkommen nackt. Hast es zwanzig Minuten nicht gemerkt und hattest eine Erektion! Nein, halt: er sprach von einem Dachbalken!"

„Noch ein Wort und du bist Geschichte", sagte Angelos und nahm Daniel in den Schwitzkasten.

„SCHAU AUF DEN FERNSEHER", rief Daniel.

Dort liefen die unvermeidlichen Breaking News: PUTIN MARSCHIERT IN DER UKRAINE EIN!

„Ja! ENDLICH", rief Angelos.

„Na ja. Die Menschen in der Ukraine jubeln wohl eher nicht!", meinte Daniel.

„Stimmt. Aber du weißt, was das bedeutet!"

„Man wird den Oligarchen alles wegnehmen", meinte Daniel.

„Und unsere Insel wird wieder frei. Gott, freue ich mich auf den Besuch bei Herrn Stepanow!"

45

Es herrschte geschäftiges Treiben im Hof von Andrei Stepanow. Gut ein Dutzend Männer trug Kisten und große Reisekoffer zu einem LKW. Gerade als Angelos und Daniel aus ihrem Wagen stiegen, kam ein schwitzender Stepanow aus dem Haus.

„Ah. Sie verreisen?", fragte Angelos schein-heilig. Stepanows Kopf nahm die Farbe einer überreifen Tomate an.

„Irgendwann kommen wir wieder. Vielleicht eher und anders als Sie denken!"

„Möge der Herr diesen Tag weit in die Zukunft legen. Ich hätte hier noch ein paar Papiere für Sie!"

„Geben Sie die meinem Anwalt", blaffte der Russe.

„Geht nicht. Persönliche Übergabe. Ein Gerichtsbeschluss, wonach das Grundstück restituiert wird. Es bestehen ernsthafte Zweifel, ob das Grundstück rechtmäßig erworben wurde. Der verstorbene Herr Malos hat mehrere Gespräche aufgezeichnet, aufgrund derer klar ist, dass auf ihn Druck ausgeübt wurde. Zudem haben wir ein Ermittlungsverfahren wegen Menschenraub eingeleitet", sagte Angelos. „Das Gericht hat ferner entschieden, dass Haus und Grundstück treuhänderisch der Gemeinde überlassen werden, also: MIR!"

Stepanow schnaubte.

„Ich werde zurückkommen. In mein Haus. Haben Sie mich verstanden?"

„Das würde ich Ihnen nicht raten. Außerdem glaube ich nicht, dass die Sanktionen gegen Sie und die anderen Oligarchen schnell aufgehoben werden. Zudem läuft Ihre Spezialoperation ja alles andere als erfolgreich", meinte Angelos mit einem breiten Grinsen.

„Man wird sich in Moskau Ihren Namen merken. Sie werden für all das teuer bezahlen!"

„Man kennt mich in Moskau bereits und Angst habe ich weder vor Ihnen noch vor dem Kreml. Und selbst auf die Gefahr hin, dass Sie mich einen Rassisten nennen: die ganze Insel ist froh, euch los zu sein. Eure Yachten: weg. Eure Häuser: weg. Und falls – ich betone: falls – ihr wiederkommt, werden wir es euch nicht leichtmachen!"

„Es ist und bleibt mein Haus", sagte Stepanow bockig.

„Nein. Das Wichtigste habe ich glatt vergessen. Am Montag kommen die Bagger und reißen diese klingonische Hässlichkeit ein!"

„Und meine Diamanten? Die ich Ihnen für die Lösegeldübergabe mitgegeben hatte!"

„Ah ja. Die Diamanten! Die bleiben in unserer Asservatenkammer", sagte Angelos. „Doswidanja, Herr Stepanow!"

„Wir haben eine Asservatenkammer?", fragte Daniel mit einem Schmunzeln, als er und Angelos zum Auto liefen.

„Natürlich haben wir eine Asservatenkammer. Unseren Keller", antwortete Angelos.

46

Es war drei Wochen später, als Angelos auf der Terrasse lag und plötzlich einen Freudenschrei vernahm.

Seit Angelos seine Zustimmung zu Daniels Blog gegeben hatte, war der „Süße mit den Teddybäraugen" vor Elan kaum zu bremsen. Und die Zahl der Follower und Abonnenten lag weit über dem, was Angelos erwartet hatte.

Auch ohne Nacktfotos.

Daniel stand aufgeregt vor dem Sunbed und wedelte mit einem Brief.

„EIN VERLAG! Sie wollen die Geschichten als Buch veröffentlichen. Mit Vorschuss!"

Angelos stand auf und umarmte Daniel.

„Glückwunsch, Süßer. Du hast aus den Geschichten mehr gemacht, als sie eigentlich hergeben. Wenn du noch die Passagen über mein Geschlechtsteil weglässt, würde ich mich freuen!"

Daniel grinste.

„Aber das ist doch nur eine Art Running-Gag! Außerdem brauche ich ihn für die ‚Schläfer-Geschichte'!"

„NEIN. Wir hatten vereinbart: diese Geschichte wird niemand je erfahren", sagte Angelos ärgerlich.

„War nur ein Scherz, Sonnenschein!"

Plötzlich brummte Angelos´ Handy.

Es war Maria.

„Hallo Schöner. Ein Toter in Panormos!"

„Geht´s etwas genauer?"

„Äh ja. 65 Jahre. Laut Papieren ein Holländer. Keine äußeren Verletzungen."

„Klingt nach natürlichem Tod. In die Klinik mit ihm und lass einen Totenschein ausstellen", sagte Angelos.

„Keine Obduktion?", fragte Maria.

Angelos wollte schon ‚nicht nötig' sagen, als Daniel aus dem Hintergrund „auf jeden Fall" schrie.

Angelos seufzte.

„Du hast es gehört, Maria. Mein Chef hat gesprochen!"

Angelos wischte das Gespräch weg.

„Du willst selbst obduzieren. Aus beruflicher Neugier, nicht wahr?", sagte Angelos spöttelnd.

„Ehrlich gesagt: ja. Dafür verzichte ich für immer auf die ‚Schläfer-Geschichte'", sagte Daniel und grinste.

„Deal", antwortete Angelos.

Der Alte ist bestimmt an einem Herzinfarkt gestorben, dachte er für sich.

Doch da irrte sich Angelos.

Der „Alte" wurde ermordet. Opfer Nummer eins in einem der skurrilsten Fälle, die Kommissar Nikakis je zu bearbeiten hatte.

Es ging nicht um Geld, Leidenschaft oder Politik. sondern um etwas Profaneres: eine Pflanze.

Die „Rose von Mykonos".

Wobei: Leidenschaft würde sehr wohl Teil des Falls sein. Keine lodernde, sondern erkaltete.

Angelos Nikakis würde wieder auf Khaled treffen – seinen Ex.

Epilog

Ich hasse diesen Wind.

Luuk Krul fluchte.

Nicht eine Sekunde kann man dem Meltemi entgehen. Nicht nur, dass er – trotz strahlendem Sonnenschein – eiskalt war. Nein: das Schlimmste waren die Böen, die abwechselnd die Nieren und dann die Ohren in einen gefrierähnlichen Zustand versetzte.

Eigentlich ein Witz, dass ich als Holländer so allergisch gegen Wind bin. Zuhause bläst ja auch dauernd Westwind.

Wahrscheinlich liegt es an meinem Beruf, dachte Krul.

Luuk Krul war Professor für Biologie an der Universität Rotterdam. Sein Fachgebiet: Blumen. Nicht erstaunlich, schließlich ist Holland das Land der Tulpen – und der geschmacklosen Tomaten, wie er stets hinzufügte.

Und wenn Blumen etwas hassen, dann ist es Wind. Viel schlimmer als jeder Sturm, war beständiger Wind, der nicht nur Blumen umknickte, sondern auch den fruchtbaren Boden wegwehte. Auf dem darunterliegenden Fels blüht nichts mehr und überall macht sich die Macchia breit.

Ödnis.

Krul kletterte weiter hoch. Er hatte bereits die Hälfte des Hügels direkt hinter dem Strand von Panormos erklommen. Keine schlechte Leistung angesichts seines Alters von 64 Jahren. Natürlich war Kruls Frau

Yvonne nicht dabei. Während er sich für die Flora interessierte, galt seiner Ehefrau´ Interesse dem Jetset-Treiben und dem Shopping, was Kruls Finanzen zunehmend belastete. Doch sollte er hier fündig werden, würde er hochbezahlte Vorträge auf der ganzen Welt halten können. Von seinem Renommee als Wissenschaftler ganz abgesehen.

Luuk Krul hielt kurz inne. Zum wiederholten Male hatte er massive Sehstörungen. Er schob es auf die Anstrengung und beschloss, eine Pause zu machen. Er setzte sich und blickte gen Süden.

Öde, kahle Berge. Noch vor hundert Jahren gab es Landwirtschaft auf Mykonos. Olivenhaine und Weinstöcke. Alles weg. Und wäre es nicht der Wind gewesen. So hätten die Immobilienheuschrecken die Insel heimgesucht. Kapitalismus pur.

Als Biologe wusste Krul schon vor Jahren, dass das System den Planeten zerstören würde, doch die Rufe verhallten.

Nun würden sich immer mehr Flächen in Europa in öde Brachen verwandeln.

Krul seufzte.

Aber er würde ein Zeichen setzen mit seiner Entdeckung. Die ganze Welt würde es erfahren und er könnte die Aufmerksamkeit nutzen, um einen erneuten, aber vermutlich verpuffenden Aufschrei abzusetzen.

Luuk Krul ging weiter bergauf. Da es steiler wurde, kraxelte er zunehmend. Noch immer blies der Wind, sodass seine Augen jetzt auch noch tränten.

Er wollte sich gerade erneut setzen, als er glaubte, erneut eine Sehstörung zu erleiden.

Unter dem Gestrüpp. Etwas kugelartiges.

Er konnte es nicht glauben. Vorsichtig griff er danach, darauf gefasst, dass er nach einer Fata Morgana griff. Aber er fühlte etwas in seinen Händen.

Wieder blies ihm der Wind Staub in die Augen.

Nicht bewegen, dachte Krul.

Als er wieder etwas sehen konnte, war die holzartige Kugel noch da.

Zitternd griff er nach seiner Wasserflasche. Er hatte sie nicht zum Trinken mitgenommen. Dafür war es zu kostbar. Krul öffnete die Flasche und goss Wasser auf die Kugel.

Nichts. Ich habe mich getäuscht, dachte Krul.

Doch plötzlich geschah, auf was er nicht zu hoffen wagte.

Die Kugel öffnete sich und die Ästchen rollten aus. Kleine, grüne Blätter schossen heraus und zum Schluss schlüpften kleine rote Blüten hervor.

Luuk Krul begann zu schluchzen.

Er hatte recht behalten. Es gab sie doch noch. Die Rose von Mykonos. Eine der seltensten und aufregendsten Pflanzen der Welt.

Wieder ereilten ihn die Sehstörungen. Nicht jetzt. Ich muss mitzählen. Wie lange bleibt sie geöffnet?

Plötzlich überkam ihn ein furchtbarer Schmerz und sein Körper wurde von Krämpfen geschüttelt.

Noch einmal berühren, dachte Krul.

Doch er war schon auf der Reise in eine pflanzenlose Parallelwelt.

Er starb in Panormos um 11 Uhr 40.

Zwei Minuten später war ein leises Rascheln zu hören. Die Rose von Mykonos hatte sich wieder in eine Astkugel verwandelt.

MYKONOS CRIME 31

DIE ROSE DES TODES

Endlich wieder ein unpolitischer Mord, ein normaler Mord, denkt Kommissar Nikakis. Das Opfer: ein 75-jähriger Biologie-Professor, bekannt als „Blumenpapst". Was wollte er hier? Mykonos ist alles andere als ein blühendes Paradies. Nach einem weiteren Mord an einem Blumen-Auktionator liefert ein Museumsdirektor den entscheidenden Hinweis: es geht um die „Rose von Mykonos" – eine der seltensten und damit wertvollsten Pflanzen der Welt. Noch schlimmer: für manche ist die Rose heilig. Man tötet für sie.

Bisher erschienen auf Deutsch:

Paul Katsitis – Der Vampir von Mykonos 30

In einer Kapelle findet man die ermordete Tochter eines russischen Oligarchen. Die Leiche ist vollkommen blutleer. Drei Tage später wird ein weiteres Kind umgebracht, dieses Mal der Sohn eines saudischen Prinzen. Auch bei ihm wurde das gesamte Blut ausgelassen. Während die Medien schon vom „Vampir von Mykonos" sprechen, muss Kommissar Angelos Nikakis fast unlösbare Aufgaben erfüllen: den Täter rechtzeitig finden und den Killer stoppen, den der russische Vater engagiert hat. Er glaubt an einen politischen Hintergrund oder einen Racheakt eines Konkurrenten. Doch zum ersten Mal liegt er vollkommen daneben. Das Motiv des „Vampirs" hat seinen Ursprung auf Mykonos.

Paul Katsitis – Der Strand der toten Köpfe 29

Am Paradise-Strand werden eines Morgens mehrere Köpfe angespült. Auch an den folgenden Tagen erschrecken Leichenteile die Urlauber. Die Presse nennt den Strandabschnitt bald den „Strand der toten Köpfe" und viele Touristen reisen ab. Kommissar Angelos Nikakis kämpft nicht nur um die Aufklärung der Todesfälle, sondern auch gegen die alte Legende von „Poseidons Kindern".

Paul Katsitis- Engel der Finsternis 28

Ausgerechnet auf Mykonos sollen Friedensverhandlungen zwischen Israelis und Palästinensern statt-finden. Ein logistischer Alptraum für Kommissar Angelos Nikakis. Die Bucht von Kalo Livadi scheint sich hervorragend dafür zu eignen. Leicht absperr-bar, mit eigenen Piers und einem Heliport. Aber er macht sich keine Illusionen. Unangemeldete Gäste mit düsteren Absichten werden den Gipfel ebenfalls „besuchen".

Paul Katsitis – Goldrausch 27

Von wegen: der Wohlstand von Mykonos beruht auf dem Tourismus. Nein. Während auf den anderen Ägäis-Inseln gehungert wurde, genoss Mykonos durch seine Bergwerke eine Sonderstellung.
Zwar wurden die letzten Minen vor vierzig Jahren geschlossen, plötzlich aber werden zwei Geologen in einem Schacht tot aufgefunden. Und ein amerikanischer Konzern zeigt auffälliges Interesse an den Bergwerken. Ihr Gegner: Kommissar und Bürgermeister Angelos Nikakis. Als eine Freundin ermordet wird und sich herausstellt, dass die Firma dafür verantwortlich war, wird die Angelegenheit mehr als persönlich.

Paul Katsitis – Smyrna 26

Ein van Gogh, der 1922 in Smyrna verschwand, brachte keinem der Besitzer Glück. Alle seine Besitzer starben eines gewaltsamen Todes. Hundert Jahre später taucht das Gemälde auf Mykonos auf und bringt Kommissar Angelos Nikakis in Lebensgefahr.

Paul Katsitis – Schläfer 25

Kommissar Angelos Nikakis hat gleich zwei haarige Fälle zu lösen: in Saloniki explodiert eine Bombe und vor Mykonos werden auf einer Party-Yacht vier leblose Körper gefunden, allerdings ohne jegliche Verletzungen.
Mysteriös – und nur langsam lassen sich die Fäden verbinden. Mit einer schlimmen Vermutung: Der Täter lebt seit Jahren auf der Insel. Ein Schläfer.

Paul Katsitis – Lebendig begraben 24

Ein Anrufer behauptet, unter einer frisch asphaltierten Straße auf Mykonos läge ein lebendig begrabener Mann. Kommissar Angelos Nikakis hat erst seine Zweifel – und scheut die Kosten. Als er sich doch dazu entschließt, die Straße aufreißen zu lassen, zeigt sich: in einer Kammer darunter liegt tatsächlich eine männliche Leiche. Damit nicht genug: im Magen des Toten findet sich ein USB-Stick.

Paul Katsitis – Sisa 23

Drogen und Mykonos ziehen sich wie Magnete gegenseitig an. Da der Effekt nicht zu stoppen ist, hat Kommissar Angelos Nikakis mit dem größten Drogenhändler der Ägäis, Abu Bakar, ein Abkommen getroffen: keine gestreckte Ware, begrenzte Menge, keine Lieferung an Jugendliche und keine Gewalt auf der Insel. Im Gegenzug drückt Angelos beide Augen zu, auch weil er die übliche Drogen-politik für Heuchelei hält. Seit drei Jahren gab es keine Drogentoten mehr – der Deal funktioniert. Doch nun taucht ein neuer Player auf, der das Monopol mit Gewalt brechen will. Beim Angriff auf Abus Yacht wird diese zerstört und Abu schwer verletzt. Angelos hilft Abu, denn er will Ruhe auf Mykonos – doch die Rechnung bezahlt Angelos´ Ehemann Yariv.

Paul Katsitis – Pontifex 22

Das Oberhaupt der orthodoxen Kirche, Hieronymus, besucht Mykonos. Ein unangenehmer Termin für den schwulen und atheistischen Bürgermeister und Kommissar Angelos Nikakis.

Während des Besuchs wird der Staatssekretär des Metropoliten ermordet aufgefunden.
Hieronymus bittet Angelos um Hilfe, denn es geht nicht nur um einen Mord, sondern um die schiere Existenz der griechischen Kirche. Ein Pergament aus dem 4. Jahrhundert stellt deren Zukunft infrage.

Paul Katsitis – Yariv 21

Mykonos im Juni: gähnend leer, dank Corona. Nach der Öffnung der Insel ist es vorbei mit der Ruhe: im Haus eines hochrangigen Politikers wird eine tote Frau gefunden.
Und Kommissar Angelos Nikakis hat noch ein weiteres Problem: sein Kollege Yariv wird bei einem Einsatz in Athen schwer verletzt.

Paul Katsitis – Darknet 20

An der Uferpromenade mitten in Mykonos-Stadt wird die Leiche eines jungen Mädchens gefunden, das niemand kennt. Gefoltert und vergewaltigt.
Als ein zweites Opfer gefunden wird, vermutet Kommissar Angelos Nikakis, dass er es mit einem Pädophilenring zu tun haben könnte. Zusammen mit seinem Athener Kollegen Yariv Markaris, einem Darknet-Spezialisten, nimmt er die Spur auf. Er stößt dabei auf Beteiligte, die aus den höchsten Kreisen in Athen stammen und die ihre eigene „Flüchtlingspolitik" verfolgen.

Paul Katsitis – Carneval 19

Carneval in Griechenland? Bestimmt nicht, denken viele. Von wegen: Rosenmontag ist einer der wichtigsten Feiertage. Doch auf Mykonos wird Carneval gestört: in der Nähe von Kalafati wird ein Motorradfahrer tot aufgefunden. Obwohl der Kopf abgetrennt wurde, gelingt es Kommissar Angelos Nikakis schnell, ihn zu identifizieren: das Opfer ist ein Emirati, Landsmann von Angelos´ Ehemann Khaled. Zufälle gibt es nicht, sagt Angelos immer – und leider behält er Recht.

Paul Katsitis – Tödliche Libido 18

Auf einem Kreuzfahrtschiff wird ein 19-jähriger Steward vermisst.
Kommissar Angelos Nikakis nimmt den Fall zunächst nicht ernst. ‚Der Junge macht sich auf Mykonos ein paar schöne Tage‘, denkt er. Und es gibt keine Leiche.
Doch er täuscht sich. Eines Abends besucht ihn der Premierminister, Antonis Migiakis, der mit Angelos befreundet ist und gesteht, dass der junge Pavlos sein heimlicher Liebhaber war.
Kurz darauf melden sich die Entführer – und die Forderungen haben es in sich. Angelos muss den Jungen finden, sonst ist Migiakis politisch erledigt.
Und zur Lösung des Falls braucht er die Hilfe eines altbekannten Drogenbarons: Abu Bakar.

Paul Katsitis – Botschafter 17

Kommissar Angelos Nikakis und sein Partner Khaled
retten ein Kind vor dem Ertrinken. Es ist zufällig der
Sohn des israelischen Botschafters. Aus Dankbarkeit
wird der Botschafter der Trauzeuge von Angelos und
Khaled. Einen Tag später zerreißt eine Bombe dessen
Wagen. Was zunächst nach einem Terrorakt aussieht,
entpuppt sich als ein Geflecht aus Kunstdiebstahl,
Verschwörung und Mord. Und Kommissar Nikakis muss
tief in der Vergangenheit wühlen.

Paul Katsitis – Spione 16

Ein russischer Überläufer soll über Mykonos in den
Westen geschleust werden. Auf der Kykladen-Insel soll er
sich in einer der zahlreichen Schönheits-kliniken eine
gesichtsveränderte Operation
unterziehen. Kommissar Angelos Nikakis soll den
Agenten während des Aufenthaltes schützen. Kein
größeres Problem, denkt er. Bis plötzlich drei
Geheimdienste auf der Insel am Werke sind. Und sich
letztlich Angelos´ Leben für immer verändert.

Paul Katsitis – Khaled 15

Eine Explosion auf Delos töten einen Archäologen.
Das erste Rätsel für Kommissar und Bürgermeister
Angelos Nikakis. Das zweite Rätsel hingegen – wen er
denn nun liebt – löst sich: er trennt sich von Alex
und zieht zu Kronprinz Khaled. Doch zwei Tage
später wird dieser von einem Attentäter
niedergeschossen

Paul Katsitis – Trauma 14

Chefermittler und Bürgermeister Angelos Nikakis glaubt
es zunächst nicht: auf der trockenen Insel Mykonos soll
ein Golfplatz errichtet werden. Als Nikakis den Investor
trifft, glaubt er ihn zu kennen. Bevor er sich erinnert,
ereignen sich zwei Morde.
Angelos´ Ehemann Alex findet währenddessen heraus,
woher Angelos den Investor kennt.
Bald geschieht ein dritter Mord. Und der Täter ist Alex.

Paul Katsitis – Royals 13

Zehn Seemeilen entfernt von Mykonos wird ein großes
Gasfeld entdeckt. Bürgermeister und Kommissar Angelos
Nikakis greift zu allen (auch illegalen) Tricks, um
Bohrtürme in der Ägäis zu verhindern.
Als dann eine Prinzessin des Emirats Katar während
eines Besuchs auf Mykonos entführt wird, scheint es
zunächst nicht so, als würde ein Zusammenhang
bestehen. Wenige Tage später ist die Prinzessin tot – und
Angelos Nikakis sitzt im Gefängnis.

Paul Katsitis – Der Putsch 12

1967 putscht in Griechenland das Militär. Hellas und
auch Mykonos ächzen unter der Diktatur.
52 Jahre später gibt es wieder einen Regierungswechsel
in Athen. Doch die Ereignisse von damals werfen ihre
späten Schatten.
Ein Flugzeugabsturz und Kommissar Angelos Nikakis
sorgen dafür, dass es zu einem politischen Erdbeben
kommt.

Paul Katsitis – Glut 11

Der Alptraum aller Chora-Bewohner wird wahr. Ein
Großbrand wütet in den engen Gassen der Stadt. Eine
knifflige Aufgabe nicht nur für die Feuerwehr, sondern
auch für Kommissar und Bürgermeister Angelos Nikakis.
Denn in einem Haus findet man eine Leiche. Ein
Brandopfer, denken viele. Doch sie wurde erschossen.
Drei weitere Morde und der Wiederaufbau lassen Angelos
kaum Zeit Luft zu holen.

Paul Katsitis – Abseits 10

Im Stadion von Mykonos wird die Leiche eines Mannes
gefunden. Da der Mann Fan von Olympiakos Piräus war,
geraten alle Anhänger des Konkurrenzvereins
Panathinaikos Athen in Verdacht. Die Indizien lassen
zunächst keine andere These zu und der Hass zwischen
beiden Lagern ist tatsächlich so groß, dass auch ein
Mord im Bereich des Möglichen liegt.
Doch als Kommissar Angelos Nikakis in die Welt der
Spielerscouts eintaucht, stellt er fest, dass es um ganz
andere Dinge ging: um Menschenhandel, Pädophilie und
natürlich eine Menge Geld!

Paul Katsitis – Sturm über Mykonos 9

Über Mykonos tobt der schwerste Sturm seit Jahren.
Eine Fähre kentert. Angelos ist unter den Rettern, wird
aber nach dem Einsatz selbst vermisst. Für zusätzliche
Aufregung sorgen zwei Ölfässer, die an Land gespült
werden. In ihnen liegen die zerstückelten Leichen von
zwei griechischen Soldaten.

Paul Katsitis – Die Maske 8

Nach einem Banküberfall erschießt Alex einen der
Räuber auf der Flucht. Da er ihn ohne Vorwarnung in
den Rücken geschossen hat, steht er bald unter Anklage.
Im Schatten des Prozesses gelingt es einem neuen,
besonders brutalen Drogenhändler, genannt „Máská",
sein Netzwerk auszubauen. Und er zögert auch nicht, als
sich ihm die Gelegenheit bietet, Kommissar a.D. Angelos
Nikakis aus dem Weg zu räumen.

Paul Katsitis – Hass 7

Es ist ein besonderer Fall für die beiden Ermittler Alex
und Angelos Nikakis. Die Leiche eines jungen Mannes
wird in den Dünen gefunden. Am und im Körper des
Toten findet sich die DNA von Angelos.
Er wird verhaftet.

Paul Katsitis – Skalpell 6

Am Strand von Ornos wird eine Frauenleiche gefunden.
Es ist die Tochter des Bürgermeisters. Der Leiche fehlen
Nieren und Leber.
Doch es geht bei der Mordserie nicht nur um Organe, wie
die beiden Ermittler Alexandros und Angelos Nikakis bald
feststellen. Es existiert ein komplexes Netzwerk, das
verschiedene kriminelle Felder abdeckt, und so mancher
Inselbewohner ist darin verstrickt.

Paul Katsitis – Inzest 5

Ein Bräutigam, der sich am Tag der Hochzeit vom Balkon stürzt und eine Mädchenleiche in einer Wagenpresse. Zwei Fälle für die beiden Ex-Kommissare Alex und Angelos Nikakis Zwei Fälle, die sich nach und nach aufeinander zu bewegen.

Paul Katsitis – Der-Drei-Sterne-Mord 4

Im besten Restaurant der Insel wird der Chefkoch, ehemals Leibkoch Gaddafis, mit durchschnittener Kehle aufgefunden. Ein schwieriger Fall für Alex und Angelos, zumal die eigene Familie mit beteiligt ist. Der Fall erfährt eine erstaunliche Wendung, als die beiden Ermittler erfahren, dass der britische Außenminister Mykonos besucht – auf dem Landsitz des griechischen Premierministers.

Paul Katsitis – Tattoo 3
Zwei Highlights stehen auf dem Programm des Wochenendes: ein hochdotiertes Beachvolleyball-Turnier und die Eröffnung der ersten Spielbank auf der Insel. Nicht ins Programm passen zwei Tote: ein 19-jähriger Junge und einer der Beachvolleyballspieler. An dessen „natürlichem Tod" haben die Ermittler Alex und Angelos so ihre Zweifel.

Paul Katsitis – Rache 2

Im Kloster Ano Mera auf Mykonos wird ein Priester tot aufgefunden, dessen Leiche übel zugerichtet ist. Es sieht nach einem Rachemord aus – doch wofür?

Paul Katsitis – Die Bestie von Mykonos 1

Zwei Kriminalbeamte, Alexandros und Angelos, quittieren den Dienst und eröffnen gemeinsam auf Mykonos eine Bar. Nebenher betreiben sie eine kleine Privat-Detektei. Da die Polizei chronisch unterbesetzt ist, werden Alex und Angelos – wegen ihrer Erfahrung - regelmäßig hinzugezogen.
Mykonos ist in Aufruhr. Offensichtlich foltert, vergewaltigt und tötet ein Mann junge Touristen. Um ihn zu stellen, bleibt nichts anderes übrig, als dass Angelos den Lockvogel spielt – mit furchtbaren Konsequenzen ...

Weitere Mykonos-Bücher

Mykonos LOVE STORY
Von Michael Markaris

„Die Mykonos Love Story 1-11" von Michael Markaris. Kommissar Pandis hat mit 53 sein Coming-Out und verliebt sich in den 29-jährigen Angelos.

Bisher erschienen:
Mykonos Love Story 1
Mykonos Love Story 2 – Das goldene Ei
Mykonos Love Story 3 – Morgenröte über Mykonos
Mykonos Love Story 4 - Mykonos Speed
Mykonos Love Story 5 – Rape-Vergewaltigung
Mykonos Love Story 6 – Der rosa Leopard
Mykonos Love Story 7 – Rückkehr der Leoparden
Mykonos Love Story 8 – Crash!
Mykonos Love Story 9 – Der tote Pelikan
Mykonos Love Story 10 – Photia-Feuer
Mykonos Love Story 11 – Der tote Archäologe